평범한 것은 강한 것입니다.
기적을 바란다면 지속하세요.
기적이 곧 평범해집니다.

"기적의 북토크

좋아하는 일로 돈과 사람을 얻은 북토커 이야기

평범한기적 **강민정**   "

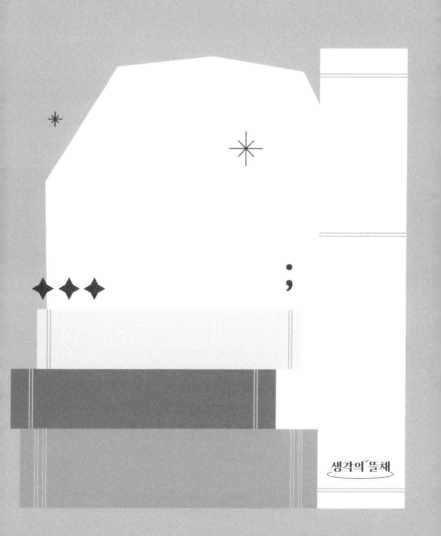

생각의╰뜰채

Chapter 1
책으로 존버*하기 (*존엄하게 버티기)

Bonus
내 책을 홍보하기 위해 알아두어야 할 것들

아이를 키우는 것보다 더 좋은 경력은 없다

   대학에 있으면 출산을 앞둔 제자들이 종종 찾아온다. 육아를 위해 직장을 관두게 되면 '경력단절'이 두렵다며 지혜를 구하러 오는 친구들이다. 그럴 때마다 나는 이렇게 답한다. "아이를 키우는 것보다 더 좋은 경력은 없어. 그 경력을 활용할 수 없는 회사는 가지도 마!" 나의 반응에 제자들은 의외라는 듯 놀라곤 했고, 돈이 중요한 사회에서 그 답은 정답이 아닐 수 있지만 나는 아직도 그렇게 믿고 있다. 그러던 차에 나는 제주에서 내가 하는 말을 그대로 실천하는 여성을 만났다. '평범한기적'이라는 절대 평범하지 않은 제목을 달고 활동하는 그가 바로 이 책의 저자 강민정이다.

   '독박 육아'는 엄마를 과중 노동에 시달리는 고립된 노동자로 만든다. 이런 상황에서 존엄성을 지키기는 쉽지 않다. 강민정 작가는 이 상황에서 '존엄하게 버티'며 좋은 세상을 만들기로 작정하고 그 방편으로 책을 택했다. 고요한 새벽에 일어나 책 읽기에 몰두하고, 만나고 싶은 저자가 보이면 망설이지 않고 초대해서 북토크 자리를 마련했다. 그것은 스스로를 사랑하는 방법이자 자신과 아이를 즐겁게 성장시키는 행보였다. 엄마들과 의기투합해서 일을 꾸미면서 그녀는 힘들고 외로운 육아 활동이 실은 엄청 유쾌한 사회적 활동임을 알게 된다. 자기답게 살면서 공생공락하는 삶이 가능함도 알게 되었다.

이 과정은 곧 '경력'을 쌓는 과정이기도 했다. 엄마들의 고민을 제대로 파악한 교육 전문가로서의 경력, 북토크 행사 기획가로서의 경력, 아이들을 위한 창의적 놀이터를 만드는 디자이너로서의 경력, 그리고 마침내 "좋아하는 일로 돈과 사람을 얻은" 작가로서의 경력! 아이를 키우는 것보다 더 좋은 경력은 없음을 증명해준 작가에게 다정한 포옹과 함께 한아름 꽃다발을 안겨주고 싶다.

- 조한혜정(문화인류학자, 연세대 명예교수, 『학교를 거부하는 아이 아이를 거부하는 사회』, 『학교를 찾는 아이 아이를 찾는 사회』 저자)

꿈과 현실 사이, 일상의 기적을 만드는 용기

 작가가 아이들을 키우며 저자를 초청하여 아이들과 함께 들을 수 있는 북토크를 시작하게 된 계기는 일반적인 저자 강연에는 아이들을 데려올 수 없다는 현실에 대한 불만족이었다. 이런 종류의 불만족은 단순히 개인적인 불만이나 현실에 대한 불평과 다르다. 부당한 현실에 대한 저항이자 좀 더 나은 삶과 세상을 만들기 위한 새로운 생각과 실천의 출발점이다. 그래서 사람들은 이런 불만족을 거룩한 불만족(Holy discontent)이라고 부른다. 나와 '평범한 기적' 강민정 작가와의 인연도 일종의 거룩한 불만족에서 시작되었다. 교육 현장에서 많은 문제와 부딪히며 이를 바로 잡기 위한 부모 교육은 임신 출산에서 시작해야 한다는 생각에 메디플라워(현, 호움)의 정환욱 원장의 자연 출산 운동에 동참하게 되었다. 작가 부부와 자녀들을 자연 출산과 자연 육아의 현장에서 만나 지금까지 귀한 인연을 이어가고 있다.

 하지만 거룩한 불만족을 해소하기 위해 새로운 시도는 마냥 즐겁고 좋은 것만은 아니었다. 작가가 이 책 곳곳에서 나누는 대로 이러한 새로운 도전에는 용기가 필요했다. 그 용기를 나누고 함께 실천할 수 있는 공동체가 필요했다. 이 책에는 평범한 엄마가 어떻게 서울은 물론 제주에서 숲 공동 육아 모임과 저자 초청 북토크, 또 새벽 기상 모임까지 다양한 공동체를 만들고 그 가운데 성장할 수 있었는지에 대한 생생한 기록이 담겨있다. 어찌 보면 무모해 보였던 도전이 어떻게 결실을 거두었고, 그 과정에서 힘든 순간뿐 아니라 얼마나 많은 아름다운 사람과의 만남이 있었는지를 확인할 수 있다.

남들이 가지 않는 길을 가는 것은 쉽지 않고 때로는 비범한 용기가 필요하다. 그런데 그 과정에서 나와 함께 생각과 실천을 공유할 수 있는 공동체가 있다면 좀 더 쉽게 용기를 낼 수 있고, 그 용기는 일상의 작은 기적을 만들 수 있다. 개인적으로도 나도 그 공동체의 일원이고, 제주도에 갔을 때 마음 편히 들러 삶의 이야기를 나눌 수 있는 작가와 같은 분들이 있어 감사하다.

지금의 현실에 거룩한 불만족을 갖고 책을 읽고, 좋은 멘토인 저자와의 만남을 통해 성장하고 싶은데 어떻게 해야 할지 모르겠는 분들에게 이 책을 권한다. 그리고 저자가 만든 공동체와 함께 귀한 인연을 만들어 가며 꿈속에서만 그리던 모습을 현실로 만드는 많은 용기 있는 독자들이 나오길 응원한다.

- 심정섭, (『공부머리의 발견』, 『대한민국 학군지도』, 『1% 유대인의 생각훈련』 저자)

기적의 시작은 평범한 일로부터

"안녕하세요. 북토커, 평범한기적입니다!"

북토크를 시작할 때 저를 소개하는 말입니다. 그럴 때 가끔 이런 질문을 받곤 합니다. 이왕 기적이라면 위대한 기적이어야지 왜 평범한 기적이냐고요. 어색한 단어의 조합에 고개를 갸우뚱하는 심정도 충분히 이해합니다. 아마 아이를 키우지 않았더라면 저 역시도 크고 위대한 기적만 존재하는 줄 알았을 것입니다. 그러나 오랜 시간 아이를 기다리는 동안 알게 되었습니다. 누군가에게는 평범한 일이 저에게는 기적이 되기도 한다는 것을요. 그렇게 기적처럼 찾아온 두 아이를 평범하게 키우는 동안 저는 기적의 새로운 의미를 깨달았습니다. 누군가에게는 그저 그런 하루가 누군가에게는 절실한 하루가 되고, 그 하루에 마주한 작은 성공이 모두 기적과 같다는 것입니다. 그랬기에 저 아닌 누군가가 그 기적을 이루면 반가웠고, 뜨겁게 응원하고 싶었습니다. 더불어 소소한 저의 하루도 칭찬하며 응원받고 싶었습니다. 긴 하루를 마친 후 아이들과 잠자리에 누웠을 때, 오늘 하루를 잘 마무리 하는 것 자체가 바로 기적이야! 하면서요.

처음부터 이런 마음을 지닌 건 아니었습니다. 엄마가 되기를 그렇게 바랐음에도 기쁨보다는 좌절이 먼저 찾아왔습니다. 한 번도 해보지 않은 일들, 한 번도 깨어보지 않은 시간, 한 번도 느껴본 적 없는 감정으로 하루에도 끊임없는 기쁨과 좌절을 겪었습니다. 혼란스러웠습니다. 그토록 바라던 엄마의 삶이 바로 이런 거였나, 이게 전부인 걸까 하고요. 현실은 막막했지만 가슴 한편에 막연한 믿음이 존재했습니다. 아니야, 지금이 전부는 아닐 거야 하는 믿음이요. 무모할지라도 그 믿음을 따라가 보기로 했습니다. 행복해지기 위해 제 삶에 아이를 동반했듯, 엄마가 된 삶에도 반드시 행복을 동반하고 싶었습니다. 신생아도 키워봤는데 나를 위한 행복쯤이야. 매일 하나씩 키워보기로 굳게 마음먹었습니다. 그때가 시작이었습니다. 평범한 일로부터 시작된 평범한 기적이 제 삶에 나타났습니다. 내 품에서만 잠들던 아이를 안고 핸드폰 대신 손에 책을 들었던 그 순간부터요.

행복해지려면 두 가지 방법이 있다고 합니다. 첫째는 가진 것을 늘리는 일이고, 둘째는 원하는 것을 줄이는 일입니다. 엄마가 된 후 활동에 제약이 많아지자 자연스럽게 원하는 것이 줄었습니다.

대신 나와 살 비비며 웃는 아이 곁에서 책을 읽기 시작하자 가진 것이 조금씩 늘어갔습니다. 아무 일도 해 놓은 것 없이 인생이 끝날까 불안했던 마음은 줄고, 읽고 싶은 책, 만나고 싶은 저자가 늘어가는 동안 책을 통해 만날 수 있는 세상이 점점 넓어졌습니다.

그중 저자와 독자가 만나 책 이야기를 나누는 북토크를 통해 저의 세상은 놀랍도록 확장되었습니다. 제가 책을 읽는 이유는 딱 하나입니다. 지금의 삶을 변화시키고 싶고, 전과는 다르게 살아보고 싶어서입니다. 그래서 독서를 멈출 수 없었습니다. 읽으면 읽을수록 책은 저에게 말을 걸고 질문을 남겼습니다. 자연스럽게 저자를 만나고 싶었습니다. 책으로부터 시작된 삶의 질문을 저자에게 묻고 싶었습니다. 평범하지만 절실했던, 제 인생을 바꿀 수 있는 유일한 방법이었기 때문입니다.

책에서 읽은 내용이라도 저자의 목소리로 직접 들은 이야기 속에는 분명 힘이 있었습니다. 책에서 읽은 내용을 일상에 적용해야할 때, 저자의 목소리로 들은 이야기는 책의 구절보다 더 먼저 떠올라 평소처럼 생각하고 행동하려는 저를 멈칫하게 했습니다. 말을 내뱉기 전, 행동하기 전, 한 번 더 생각해 보는 겨를을 주었고, 그 겨를이 저에게는 기회였습니다. 전과 다르게 살기 위해 전과는 다른 선택을 할 수 있는 기회 말입니다.

그래서 더욱 부지런히 북토크를 찾아다녔습니다. 그러던 어느 날이었습니다. 부모 강연인데 아이 동반이 어렵다는 안내를 받았습니다. 속상했습니다. 신청받을 때부터 말해주던지, 오늘 북토크에 오기 위해 아침부터 얼마나 바쁘게 움직였는데. 아이 동반을 환대가 아닌 민폐로 보는 시선에 화도 났습니다.

그 일을 계기로 아이 동반 북토크를 시작하게 되었습니다. 아이를 거추장스러운 모래주머니로 여기는 사람들에게 보여주고 싶었습니다. 모래주머니를 풀어 펼치기만 하면 아이들은 부모 곁에서 즐거운 시간을 보낼 수 있다는 것을요. 부모 역시도 아이가 울까 조마조마하지 않고 편안한 마음으로 강연을 들을 수 있다는 것을요. 뿐만 아니라 서로가 서로를 돌볼 때 우리는 함께 배우며 성장할 수 있다는 것을요.

그렇게 시작한 북토크가 제 인생의 평범한 기적을 만들어 주었습니다. 한 번 또 한 번 작은 기적을 이어가는 동안 제 이름으로 된 책을 내게 되었고, 제주에 살며 그토록 바라던 공동체 마을을 이루게 되었습니다. 작은 일 앞에 도전하는 용기를 갖게 해주었고, 때로는 소소하고, 때로는 묵직한 수익이 꾸준히 생겼습니다. 무엇보다 값으로 따질 수 없는 소중한 인연을 만나게 되었고, 아이와 일 둘 다 잘 키우고 싶었던 바람을 이뤄가는 중입니다.

우리는 때로 좋아서 하는 일에 몰두하는 동안 위로받고 살아갈 힘과 용기를 얻습니다. 독서는 저를 변화시키는 확실한 방법이었고 북토크를 통해 책 너머의 세상을 만날 수 있었습니다. 물론 매번 일을 벌이고 수습하는 일이 쉽지는 않습니다. 그런데 아무 일도 안 하고 아이만 키우는 일도 결코 쉬운 일은 아닙니다. 어차피 바쁜 일상이라면, 그 일상에 지속하고 싶은 무언가 한 가지를 지니는 것. 그것을 보다 적극적으로 찾아보고 실천할 때 공허함 대신 기쁨과 활력이 일상에 존재했습니다. 부모에게 육아는 긴 시간이기에 그 시간에 무엇을 하며 놀지 계획이 필요합니다. 나만 아는 즐거움 가득한 활동을 궁리 중인 분에게 이 책을 건넵니다. 이왕이면 책과 함께 시작해볼까 하는 분이라면 더욱 소개하고 싶습니다. 평범한 엄마도 가능했던 '쉬운 기획'으로 북토크를 시작하는 법과 북토크를 통해 만난 특별한 세상 속 이야기를요.

"새는 날아서 어디로 갈지 모르지만 나는 법을 배운다는 말처럼, 오늘 저와 함께 나는 법을 배워 주셔서 감사합니다."

북토크를 마칠 때 독자 분들에게 건네는 인사입니다. 류시화 시인의 이 말처럼 더 많은 사람이 내가 읽은 책의 북토크를 진행하며 스스로 '나는 법'을 배우길 바랍니다. 각자 읽고픈 책은 다르지만 분명한 사실이 있습니다. 평범한 일도 지속하면 기적이 된다는 것입니다. 또한 그 기적은 지극히 작은 일로부터 시작됩니다. 시작점에 서 있는 여러분을 응원하는 마음으로 지금부터 저의 북토크 이야기를 시작합니다. 시작은 북토크였지만 그 끝은 무엇이 될지 모르는 당신만의 평범한 기적을 꼭 만나길 바라는 마음으로요.

"그대에게는 아무 일도 일어나지 않을 것이다.
아니, 그게 아니라 온갖 일들이 그대에게 벌어질 테고
그건 모두 멋진 일일 것이다!"

-프레드릭 배크만, 『불안한 사람들』 중에서

Chapter 1

책으로 존버*하기
(*존엄하게 버티기)

경단녀 만삭 엄마의 전략

23살에 직장생활을 시작해서 33살에 엄마가 될 때까지 딱 10년 동안 열심히 직장 생활했다. 신나고 즐거운 일도 있었지만, 어렵고 지치는 일도 직장인의 자세로 뼈를 갈아 넣었다. 큰아이의 출산을 앞둔 나의 바람 중 하나는 그 당시 좋아하던 브랜드의 샘플 세일을 다녀온 후 진통이 시작되는 것이었다. 달라진 체형으로 구겨진 자존감을 복구시켜 줄 최상의 도구는 새 옷이라 믿었기에, 복직할 때 입을 옷을 갖춰 놓은 후 아이를 낳으러 갈 예정이었다. 그만큼 당연히 워킹맘으로 살 줄 알았다.

그렇지만 삶은 한 치 앞을 모른다더니, 여러 정황이 맞물려 나는 출산휴가가 아닌 권고사직을 받았다. 미국 본사 소속으로 입사했지만, 본사에서는 세금을 줄이기 위해 독립법인 대신 한 대학과 독점 업무협약을 맺었다. 그 과정에서 대학의 파견직 형태로 재고용

되는 서류에 사인한 일이 내 발목을 잡았다. 이미 사인했으니 번복도 어려웠고, 대학은 서류상이라고 해도 파견직의 재계약이 선례로 남으면 안 된다는 입장만 반복했다.

어안이 벙벙했다. 경력직, 시니어 레벨로 입사 후 누구나 인정할 만큼의 성과가 있었음에도 하루아침에 이렇게 정리될 수 있다는 것은 가히 충격이었다. 나보다 직장 동료가 더 울어서 눈이 퉁퉁 부었던 5월의 며칠. 하루에도 배를 발로 몇 번이나 뻥뻥 차던 배 속의 아이가 3일 동안 태동을 하지 않았다. 복잡했던 마음이 싹 정리되었다. 그 대학의 한 교직원이 개인적으로 연락을 주었다. 2년 이상 근무한 이력이 있으니 소송을 하거나, 2년 단기 파견직 조건이라도 수용해보라고 말했다. 그러나 그러고 싶지 않았다. 그 조건은 2년 후 재계약이 안 되는 조건이었고, 그 제안을 받아들이면 그들이 그토록 무서워하는 선례를 남기는 일이 되어 사무실의 다른 동료에게 추후 같은 계약조건이 적용될 것이 뻔했다.

본사는 개인 사업체로 독립할 것을 제안했다. 근무처만 대학에서 독립 후, 사무소를 운영하면 된다고 했다. 그러나 엄연히 그 일은 내 사업이 아니었다. 나는 직원으로 입사했을 뿐만 아니라 노동법상 사업체의 대표가 되면 출산휴가나 육아휴직을 신청할 수 없었다. 운명이라는 생각이 들었다. 천직이라 생각했던 일터였지만 출산이 임박한 나와 회사는 서로 갈 길이 달랐다.

인수인계는커녕, 개인 짐도 챙기지 못한 채 쫓겨나듯 회사를 그만둔 날. 친구와 반포대교 앞에 앉았다. 삼다수와 새우깡을 앞에 두고 말했다. "내 인생은 분명 빛날 거야. 비록 지금은 깜깜해도 그렇게 될 거야. 그간 열심히 일하며 쌓은 경력이 있고, 오래 기다렸던 아이도 생겼으니 내 인생은 괜찮을 거야." 불룩 나온 배를 쓰다듬으며 아이에게 하는 말이기도 했지만 나에게 하는 말이기도 했다. 하염없이 흐르던 강물을 앞에 두고 눈물을 닦았다. 남산만 한 배로는 구직활동을 할 수 없어서 자연스레 전업주부가 되었다. 걱정 없이 다시 일할 수 있도록 우선은 아이를 잘 키워보자고, 앞으로 딱 10년만 집에 있자고 그날의 나와 약속했다.

　그 후로 전업주부를 임시직으로 여기며 살았다. 겉모습은 누가 봐도 100% 전업주부이지만 직장인의 마인드를 품고 지냈다. 다시 일터로 돌아갈 수 있다는 착각이었을지 몰라도 내가 가장 행복했던 모습, 내가 가장 살아있다고 느꼈던 모습은 분명히 일터에서의 내 모습이었다. 그랬기에 다시 내 일을 갖고 싶었다. 전업주부를 임시직으로 여겼던 생각은 고된 집중 육아의 시기에 버팀목이 되었다. 두 번의 임신과 출산을 하면서도 나는 다시 복직해야 하니까, 내가 아끼던 옷을 다시 입어야 하니까 바지 치수가 늘어나는 걸 허락하지 않았다. 어렵게 가진 아이이기도 했지만, 복직 후에는 걱정 없이 맘껏 일하고 싶어서 아이 키우는 일에 더 시간과 정성을 쏟았다. 기저귀를 떼고 말을 배우기 전까지 기관보다는 숲과 집을 오가며 두 아이를 물고 빨았다.

한쪽 다리는 다른 세상에 걸쳐둔 채, 현재를 살아가는 일이 모순일지도 모른다. 그렇지만 때로는 내가 속하지 않는 세상을 동경할 때 현재를 버틸 힘도 생기는 법이다. 지금은 아니지만 지금을 통해서 도달하고 싶은 세상이 있다는 사실은 오늘을 살아갈 충분한 이유가 되었다. 언젠가는 그곳에 닿을 거라는 믿음. 그 믿음을 토양 삼아 지금 해야 하고, 할 수 있는 일에 집중하는 것. 그것이 바로 경단녀 만삭 엄마가 세울 수 있는 유일한 전략이었다.

전업주부로 살게 된 내 모습. 선택은 아니었지만 후회 없이 살고 싶었다. 10년이라는 시간제한을 두긴 했어도 그 시간 동안 가라앉음과 부침이 수없이 반복되었다. 그럴 때마다 궁금했다. 나만 이러는 걸까? 이런 좌절과 불안을 나만 느끼는 건가? 다른 엄마들은 다 괜찮은 거야? 질문이 늘어갔고 먼저 이 시간을 통과한 여성들의 이야기가 늘 궁금했다.

그래서 책을 읽었다. 내가 겪고 있는 감정을 설명해 주는 책, 내가 느끼는 슬픔이 무엇인지 속 시원히 드러내 주는 책, 회사에서 내쳐졌을 때 애써 무시하고 넣어두었던 감정도 맘껏 끄집어내 분노하게 해주던 책과 함께 묵혀둔 감정의 실마리를 찾아갔다. 내 뜻과는 다른 모습으로 살게 되었어도 여전히 소중한 지금이라서, 엄마로 사는 일상에 물음표 대신 느낌표를 가득 채우고 싶어서. 그냥 흘려보내기는 아까운 나의 모든 처음이었기 때문에.

책에 코 박기

"말 걸지 말아줄래? 나 지금은 책만 읽고 싶어."

아차 싶었지만 이미 말이 쑥 나와 버렸다. 주말에도 바쁜 남편이 모처럼 쉬는 날이었고, 매일 집에만 있다가 아이들과 함께 나들이를 가던 중이었다. 내가 뱉은 말로 차 안의 분위기가 순식간에 냉랭해졌다. 그는 단지 나와 대화하고 싶다고 했다. 오랜만의 외출이니 그동안 밀린 이야기 좀 나누자고 했다. 퉁명스럽게 말한 건 미안했지만 말 걸지 말아 달라는 내 말은 진심이었다. 보조석에 타자마자 책 속에 코를 박았다. 곧 두 아이가 엄마를 부르기 전, 딱 5분만 책으로 도망치고 싶었다. 평소에는 혼자 아이 둘을 돌보지만 지금은 아이들의 부름에 답해줄 남편이 있으니. 결국 아빠가 아닌 엄마의 대답을 요구하겠지만 그전까지만 딱 5분, 아니 단 3분 만이라도.

그래도 그렇지, 말 걸지 말아 달라니 집에서 애들 보느라 힘든 만큼 밖에서 일하느라 힘든 사람인데. 퇴근 후 엉망이 된 집을 치우며, 그날 하루 쓰레기처럼 버려둔 나의 감정도 묵묵히 정돈해주던 그에게 그런 말을 했음에 이내 자책이 들었다. 하고픈 말을 꾹 누른 채 침묵으로 나를 품는 사람. 차라리 더 못된 말로 되받아치기라도 하지. 둘째의 아토피로 밤잠을 못자 고군분투하던 나를 그는 말없이 다독였다. 그랬기에 나도 모르게 울컥하고 나오는 말은 검열 없이 그를 향했고 곧 나를 향했다. 가시 달린 말이 나와 그를 할퀴고 나면 나는 깊이 가라앉았다.

둘째가 백일이 되었을 무렵, 고운 아이의 얼굴이 거칠어지기 시작했다. 처음에는 열꽃인 줄 알았는데 이내 진물이 흐르기 시작했다. 아무것도 모르는 아이는 얼굴이 가려우면 긁기 일쑤였다. 마구 긁고 나면 얼굴은 물론 옷과 카시트에 피가 묻었다. 외출하는 일이 두려웠다. 아이가 카시트에서 칭얼거릴 때 아직 아물지 않은 얼굴 상처를 또 긁을까 늘 마음을 졸였다. 그러나 나에게는 아이가 한 명이 아니었다. 동생이 생긴 후, 안 그래도 생활 반경이 줄어 답답해하는 큰아이와 외출을 해야 했다. 일주일에 네 번, 집과 먼 곳에서 진행되는 숲 육아였지만 그곳에 큰아이를 보내야 아이도 나도 살 것 같았다. 육아 모임을 마치고 돌아오던 길 둘째가 잠투정을 시작하면 속이 바짝 탔다. 덜컥 신호 위반을 하기도 했다. 사이렌을 울린 경찰이 내 차를 세웠다. 차창 너머로 얼굴을 마구 긁으며 엉엉 우는 둘째를 보더니 어서 집으로 가라고 보내주었다. 하루

하루가 아슬아슬했던 시절이었다.

나만 아슬아슬했던 게 아니었다. 큰아이의 하루에도 늘 긴장이
배어 있었다. 몸이 가려워 잠들지 못하는 둘째를 수시로 긁어주느
라 나는 늘 잠이 부족했다. 잠 고문이라는 말이 괜히 있는 게 아니
었다. 잠을 자지 못한 날은 늘 피곤했고, 별일 아닌 일에도 화가 났
다. 큰아이의 작은 실수를 걸핏하면 몰아세웠다. 아픈 둘째, 그 아
이를 돌보는 나, 그 곁에서 내 눈치를 보다 결국 뒤에서 나를 와락
끌어안던 큰아이. 자주 울컥했다. 또 잠들지 못하는 저녁이 오는
게 두려웠고, 그 어느 때보다 바쁘게 살고 있지만 차도가 없는 아
이의 피부가 서글펐다. 시도 때도 없이 공허감이 찾아왔다. 지나고
보니 우울증이었다.

돌봄은 힘들었지만 아이러니하게도 돌봄이 있었기에 그 시기를
지나왔다. 끝없이 눕고만 싶던 나를 아이들은 흔들어 깨웠고, 일어
나 밥을 짓게 했다. 지금 바로 치우지 않으면 더 큰 사태를 수습해
야 했기에 부지런히 방바닥을 닦게 했고, 기어 다니던 둘째 덕분
에 그나마 집안의 청결을 유지할 수 있었다. **그 시간 속에 내 노력
으로 어찌할 수 없는 일이 대부분이었지만, 나의 노력으로 할 수
있는 일도 분명 존재했다.** 말갛게 씻겨둔 두 아이가 나를 보고 해
당화처럼 환하게 웃을 때, 별거 아닌 나의 작은 몸짓에도 웃어주던
아이들의 밝음은 내 안의 어둠을 흐리게 했고, 하루를 단단히 버
티게 했다. 반복되는 하루지만 조금씩 아이들은 자랐고, 그 모습을

보며 작은 희망을 품곤 했다.

그 희망을 더 확실히 느끼고 싶을 때면 책 속으로 숨었다. 책을 읽으며 지금보다 좀 더 자란 아이들과의 일상을 그렸다. 어린 아들과 세계 여행을 다닌 오소희 작가의 책을 읽고 또 읽었다. 『바람이 우리를 데려다주겠지』, 『그러므로 떠남은 언제나 옳다』 등 여행기를 읽으며 그 세계를 상상했고 그곳에 있는 내 모습을 떠올렸다. 책 속 구절을 따라 두 아이 손을 잡고 터키, 아프리카, 남미, 라오스를 다녔다. 멈출 수 없는 상상 놀이였고 두 발이 묶여있던 시절 유일한 유희였다. 책을 펴면 다른 세상으로 달려갈 수 있었고 그 속에서 나는 다른 존재가 되었다. 그러는 동안 다른 일상도 조금씩 욕망하게 되었다. 상상을 현실로 만들기 위해 지금 할 수 있는 일이 무엇일까? 자연스레 궁리가 시작되었다.

상상을 실현하기 위해 나에게 필요한 것은 두 가지였다. 용기와 돈. 혼자서는 여행을 해본 적도 없고 혼자보다는 함께할 때 길가의 들꽃도 훨씬 아름답게 느끼는 사람이 바로 나였다. 게다가 바쁜 남편 없이 아이 둘만 데리고 떠날 용기가 나에게는 없었다. 이런 성향은 바꿀 수 없으니 다른 현실을 먼저 해결하기로 했다. 어쩌다 내게 용기가 생겨 아이 둘을 데리고 여행을 떠날 수 있을 때 훌쩍 떠날 수 있도록 비용을 마련해보기로 했다. **지속적인 독서가 나를 움직이게 했다. 하고 싶은 일을 하기 위해 할 수 있는 일을 시작해야 한다는 것을 알려주었다.** 입지 않는 옷, 들지 않는 가방은 물론 엄마표 영어를 하겠다며 미리 쟁여두었지만 정작 아이는 관심이 하나도 없던 교구를 꺼내 팔기 시작했다.

팔 수 있는 물건의 목록을 적고 하나씩 지워갔다. 목록의 물품이 줄고 통장 잔액이 늘어도 남편 없이 혼자 떠날 용기는 결국 채워지지 않았다. 그러나 그 수익에 예상치 못한 이자가 있었다. 믿음이라는 이자가 나도 모르는 사이 조금씩 성실히 불어나고 있었다. 막막한 미래 대신 소박한 하루를 내가 바꿀 수 있다는 믿음. 겨우 나라도 작게 무언가를 시작할 수 있다는 믿음이 조금씩 쌓여갔다.

오늘은 무얼 팔까? 하는 궁리는 언젠가는 나도 가족과 함께 떠날 수 있지 않을까? 하는 희망을 품은 질문이었다. 목록을 적고 하나씩 지워가는 동안 막연했던 희망이 선명해졌다. 뚜렷이 찍힌 통장의 잔액은 오늘 너머의 내일, 내일 너머의 미래를 계획하게 했다. 그랬기에 책 읽기를 멈출 수 없었다. 아니 멈추고 싶지 않았다. 지금과는 다른 세상이 그 안에 있었다. 그 세상을 보고 또 보며 언젠가는 꼭 닿고 싶었다.

"우리가 판타지 세계를 만드는 것은 현실을 회피하기 위해서가 아니라 현실에 머무르기 위해서다."

-리사 펠드먼 배럿, 『이토록 뜻밖의 뇌과학』 중에서

나의 첫 노트북 '꿈이'

빨래를 개고, 아이 간식을 차린 후 노트북 '꿈이'를 켠다. 고작 한 문장이면 설명되는 일이 이렇게나 어려운 일이었다니. 엄마가 되기 전에는 결코 몰랐던 일상의 버퍼링에 실소가 나온다. 아이들이 간식을 먹는 시간, 매일 아무도 모르게 내 일을 시작한다. 바로 나의 위대한 시간을 기록하는 일이다. 그 일을 가능하게 해주는 노트북 '꿈이'. 꿈이는 나에게 노트북 이상의 물건이다. 볼 때마다 입가에 엄마 미소 짓게 하는 노트북 꿈이가 나에게 온 사연은 이렇다.

내 쓰기의 첫 독자는 남편이었다. 결혼 후 5년 동안 둘 다 바깥양반으로 살았지만, 큰아이 출산 이후 나 혼자 안 양반이 되었다. 그 시절 쓰지 않고는 견딜 수가 없었다. 아침부터 저녁까지 쉬지 않고 달렸지만 내가 서 있는 운동장이 한참은 기울어진 느낌이었다. 나만 화장실도 못 가고, 입에 욱여넣은 사과를 잘게 씹어 먹을 짬조

차 나지 않았다.

그 억울함을 블로그에 토로했다. "여보, 오늘은 나 이렇게 힘들었어. 어제와는 차원이 다른 아이의 짜증과 저지레였어. 그러니 퇴근하면 음식물 쓰레기와 재활용 쓰레기를 해결해줘."라는 말을 아이의 일상 사진과 함께 남편에게 전송했다. 블로그를 육아 신문고로 활용했던 전략은 꽤 괜찮았다. 말로 하면 설명하다 지치거나 감정이 격해졌을 텐데, 생생한 현장 사진은 말없이 많은 것을 그에게 보여주었다. 무엇보다 내 글의 유일한 독자인 그는 그 기록을 좋아했다. 빡빡한 근무 시간에 전송된 아이들 사진이 마치 보너스 같다 말했다.

그 보너스가 나에게도 있었다. 일러바침의 글을 적어 내려갈 때 느낀 예상 못 한 쾌감. 누군가에게 나의 애씀을 털어놓으며 쌓인 감정을 발산시켜주던 글쓰기는 독자가 있든 없든 그 자체로 통쾌했다. 대단한 글이 아니라서 지속할 수 있는 일상의 또 다른 재미였다. 그런데 그 재미가 오래가지 못했다. 어느 날 갑자기 노트북이 멈췄다. 유일한 독자에게 도움을 요청했다.

"여보, 내가 컴퓨터는 잘 모르니까, 좀 고쳐주면 좋겠어."

자상한 남편이지만 그 부탁은 오랫동안 해결되지 않았다. 기다리는 동안 아이는 조금의 여유도 나에게 허락하지 않았다. 잠들기 전까지는 물론 잠든 후에도 내가 곁에 없으면 금세 깨서 울었다. 지금의 나였다면 아이가 좀 울더라도 묵묵히 내 할 일을 마친 후 아이를 다시 안아주었을 텐데 초보 엄마였던 나는 아이가 울면 큰 일이 나는 줄 알았다. 노트북 수리를 직접 하기보다 그에게 부탁만 하고 그저 기다렸다. 그러나 내가 집안에서 여유롭게 시간을 보내는 게 아니듯, 남편도 바깥에서 여유롭게 컴퓨터를 살필 시간이 있을 리 없었다.

그런 남편을 이해하면서도 해결되지 못한 욕구가 수시로 튀어나왔다. 노트북과 전혀 상관없는 일에도 섭섭함이 스며들어 어깨를 들썩였다. 왜 자꾸 내 부탁은 안 들어주는 건데. 왜 만날 기다려야 하는 건데. 별거 아닌 일에도 울컥하며 작은 일을 큰일로 만들기 일쑤였다.

그러던 어느 날이었다. 이렇게 마냥 기다릴 수 없다는 생각이 들었다. 컴퓨터 관련 일을 하는 시동생에게 노트북을 택배로 부치기로 했다. 지금 생각해보면 우매한 결정이었지만, 기다림의 시간을 줄이기 위해 그 시절의 내가 떠올린 유일한 대안이었다. 집이라는 좁은 생활 반경, 그 안에서 무한 반복되던 일상은 넓었던 시야도 작고 좁게 만들었다.

그깟 노트북 세팅. 스스로 할 줄 모르는 사람이라는 말을 듣기에는 억울했다. 엄마가 되기 전 외국계 회사에서 시니어 레벨로 일했던 경력은 이미 무색해졌다. 사회생활 유무의 문제가 아니었다. 아주 잠깐이라도 혼자만의 시간이 있었더라면, 아니 육아 외에 다른 것을 생각해 볼 잠깐의 여유만 있었더라면 노트북 세팅은 그깟 일쯤이 되었을 것이다. 그러나 구조가 만드는 상황이 있다. 현명하고 효율적인 것보다 당장 할 수 있는 것만 선택하게 하는 구조가 내가 경험한 초보 엄마가 속한 구조였다. 아이가 울어도 왜 우는지 속 시원히 알 길이 없으니 초보 엄마는 아이를 울리지 않는 상황을 최우선으로 생각하게 된다. 서비스센터에서 우는 아이를 달래며 복잡한 설명을 들을 자신이 없으니 내 상황을 잘 아는 가족에게 부탁이라도 해보고픈 심정이었다. 그러나 남편의 만류로 잘 포장해둔 노트북을 바쁜 시동생에게 보내지 못했다.

  그 후로 오랫동안 나는 멈춰있었다. 하고픈 일이 생겨도 자꾸 의심이 생겼다. 내가 무얼 할 수 있겠어. 어차피 안 될 거야. 나를 의심하고 또 의심했다. 하고픈 일이 아닌 주어진 일만 하며 시간을 보냈다. 빨래를 돌리고, 개고, 다시 돌리는 일상. 그 생활 속에 나를 설레게 하는 일이 있을 리 없었다. 별거 아닌 글을 적으며 느끼는 기쁨. 내 글을 내가 읽으며 낄낄거렸던 소박하지만 꽤 괜찮았던 즐거움이 그리웠다.

  하고 싶은 게 분명한데 내 상황이 변하지 않는 이유는 무엇일까. 거듭되는 질문 속에 문제가 보였다. 나는 그저 기다리기만 한 것이다. 타인에게 서운해 할 것이 아니라, 내 문제는 내가 해결하고 처리해야 하는 일이었다. 그래, 결심했다. 노트북을 사자! 매킨토시만 쓰는 남편이 못생겼다고 무시하는 삼성 노트북을.

그날 밤, 아이가 잠들자 신발장 앞에 섰다. 그날만큼은 아이가 깨든 말든 신경 쓰지 않고 신발장 문을 활짝 열었다. 유명 신발 브랜드 회사에 다니던 동생 덕분에 샘플 세일 때마다 쟁여두었던 신발이 가득했다. 모조리 꺼내 사진을 찍고 지역 맘 카페에 올렸다. 몇 시간 만에 10켤레가 팔렸다. 통장에 80만 원이 생겼고 그 돈으로 초경량 노트북을 샀다.

그때 내 기분은 정말 그 누구도 모를 것이다. 내.꿈.내.산! 소중한 꿈은 기꺼이 나의 노력을 지불하고 사야 한다는 것을 처음으로 알려준 노트북. 그 노트북은 엄마가 된 후 오직 나를 위해 처음 마련한 꿈이었다. 그래서 '꿈이'라는 이름을 지어주었다. 금세 켜지고 가벼워서 어디든 함께 다닐 수 있는 꿈이. 매킨토시가 아닌 나에게 익숙한 윈도우 방식의 꿈이가 너무 좋았다. 그런 내 모습을 남편은 얼떨떨한 표정으로 바라보았지만, 덕분에 골칫거리였던 신발장이 말끔해졌으니 우리 모두에게 좋은 일이었다.

그렇게 만난 꿈이를 아이들이 간식 먹는 지금 펼쳐본다. 오늘 아침 책에서 읽은 문구 덕분이다.

"여러분 중에는 사교적이지 못한 사람도 있을 것이다. 또 이제껏 정말로 근사한 음식을 먹어보지 못한 사람도 있을 것이다. 그렇다면 그냥 뉴욕 1번 가에 있는 당신의 싸구려 아파트 한구석에서 썩어가는 치즈 샌드위치와 바퀴벌레가 빠진 채 이틀이 지난 시커먼 커피에서 시작해보자. 이것이 인생이니, 인생에서부터 시작하는 것이다."

-나탈리 골드버그, 『뼛속까지 내려가서 써라』 중에서

꿈이를 만나기 전 나는 완벽한 순간에 완벽하게 시작하는 것이 좋아 결국 아무것도 하지 않던 '게으른 완벽주의자'였다. **그러나 완벽하지 않아도, 내가 바라는 방식이 아니더라도 어차피 그게 인생이라면, 거기서부터 시작하기로 했다.** 신발장 문을 활짝 연 그날로부터, 그때 나의 인생으로부터.

무딘 칼을 갈아드립니다

매일 도마 앞에서 칼을 잡은 후에야 생각이 났다. 제때 갈지 못해서 칼날이 무뎌져 있다는 것을. 매일 무뎌진 칼로 저녁을 지었다. 두 아이 모두 손이 많이 가던 시절엔 늘 그랬다. 몇 해가 흐른 후 『엄마의 화코칭』 김지혜 저자는 코칭 강연에서 말했다.

"오늘도 무딘 칼로 하루를 지내느라 애쓰셨죠? 시간 내서 한번 갈고 나면 무엇이든 더 쉽게 자를 수 있는데, 그 시간조차 내기가 힘든 게 엄마들의 일상이에요. 그러니 내 감정을 돌보는 일에는 오죽하겠어요. 여러분, 오늘도 정말 애쓰셨어요."

어쩜 그렇게 내 맘을 잘 아는지. 눈 딱 감고 칼 가는 시간을 내면 좋은데, 그 시간을 내야 한다는 것조차도 금세 까먹던 시절. 라이프 코치이자 세 아이의 엄마인 저자도 그런 시절을 보냈기에 잘 아는 것이다. 아이 키우는 엄마라면 모두 그 한 시절을 보내기 마련이니까.

큰아이가 다섯 살이던 무렵, 집에서 멀었던 공동육아 숲 모임에 데려다줄 때, 칼 가는 할아버지와 종종 마주치곤 했다. 매일 비슷한 시간 비슷한 동선에서 그 할아버지와 같은 신호를 기다렸다. '아 맞다! 나 칼 갈아야 하는데…' 할아버지를 볼 때마다 생각났지만, 칼도 없을뿐더러 챙겨 나왔다 해도 신호 대기 중에 쓰윽 칼을 맡길 수도 없는 노릇이었다. 나에게 꼭 필요한 일이 내 눈앞에 있어도 쳐다보기만 해야 할 때. 어린아이의 엄마로 살던 시절에는 그런 일이 비일비재했다.

그러던 어느 날 기회가 왔다. 더는 까먹지 않고 미리 준비해서 칼을 갈아 볼 기회가 온 것이다. 오소희 작가를 좋아하는 독자들끼리 모여 '작가 없는 작가 모임'을 시작하였다. <엄마 작당>이라는 이름의 독서 모임이었다. 모임에 참여하는 사람들끼리 서로 돌아가며 인터뷰를 했는데 내 차례가 되었다. 인터뷰어는 나에게 다음과 같은 질문을 했다.

"평범한기적 님은 이 모임에서 하고 싶은 일이 있으세요?"
망설임 없이 대답했다.
"네! 저 있어요. 엄마들과 함께 칼을 갈아 보고 싶어요."

다소 엉뚱한 그 대답을 독서 모임 운영진은 반겨주었다. 이 일이 가능하다니! 누구보다 가장 놀란 사람이 바로 나였다. 독서 모임 시작 전, 무딘 칼을 할아버지에게 맡기고 모임을 마친 후 찾아가는 일이 눈앞에서 실제로 일어났다. 상상하던 일이 현실이 되었던 정말 짜릿한 순간이었다. 그런데 가만히 보니 독서 모임 후 날렵해진 칼을 들고 집으로 가는 모습이 평소 책 이야기를 나눈 후 집으로 돌아가던 우리들의 모습과 닮아있었다. **엄마로 살며 느끼는 행복의 한쪽에 쌓여가던 불안하고 불편한 감정들. 그 감정에 무뎌져 가던 우리. 그러나 독서 모임에서 함께 책 이야기를 나눈 후에는 한결 다듬어진 시선과 날렵해진 감각으로 집으로 돌아가던 우리가 딱 그 칼과 같았다.**

신호 대기 중 몰래 바라보았던 할아버지는 늘 쓸쓸한 표정이었지만 그날만큼은 입가에 함박웃음이 가득했다. 어쩌다 이렇게 바쁜 날이 있는지 모르겠다며, 앞에 밀린 칼들이 있으니 노랑 바구니에 칼을 넣어 두고 어서 독서 모임에 다녀오라 하셨다. 미안하다는 말과 함께. 늘 적막하던 할아버지의 작은 트럭에서 벌어진 소란이 좋았다. 그 미안함마저도 반가웠다. 간질간질 누가 간지럼을 하는 듯 목구멍이 간질거렸다.

"할아버지, 실은 처음 아이디어 낸 사람이 바로 저예요."
결국, 입술 끝까지 올라온 간지러움을 참지 못하고 발설했다.
"그려유? 고마워유. 노랑 가위는 내가 서비스로 해줄게."

말하자마자 후회했지만 이미 늦어버렸다. 감사하다는 인사를 하고 서둘러 트럭에서 멀어졌다.

'제가 그동안 할아버지를 몇 번이나 봤었다고요. 제가 그동안 얼마나 칼을 갈고 싶었는지 정말 모르실 거예요. 여기 모인 엄마들 전부 다 그래요. 오늘 이렇게 멀리까지 와서 저와 친구의 칼을 갈아주셔서 정말 감사해요. 오늘 저녁은 도마 앞에서 신바람이 날 것 같아요. 오늘도 내일도 모레도요.' 하고 싶은 말이 폭포수처럼 쏟아질 것 같아 서둘러 자리를 떴다. 작은 일을 함께 도모할 때 느끼는 선명한 기쁨과 즐거움이 조금이라도 새어나갈까 봐 입을 꾹 다문 채 서둘러 독서 모임 장소로 향했다.

독서 모임을 마치자 반듯하게 갈려진 칼이 노랑 바구니 안에서 기다리고 있었다. 반짝반짝. 할아버지가 갈아준 건 칼과 가위였지만 내 마음도 함께 반짝였다. 나에게 좋은 일을 타인과 함께 나눌 때 얻는 기쁨. 단순하지만 소중한 기쁨이 내 맘에 새겨졌다. 때로는 칼갈이 행사를, 때로는 북토크를 열어 나와 닮은 엄마들과 함께하는 시간. 그 시간의 의미는 그 자체로 충분했다. 만남 자체가 위안이었고 삶을 윤택하게 해주는 평범하면서도 특별한 기적이었다. 책을 읽으며 다듬어둔 맑은 눈으로 서로를 보듬고, 함께 모여 일상의 불편함을 해결할 때, 우리 곁에 매우 실용적인 행복이 머물렀다.

완벽하게 갖추어진 상황에서만 행복을 만들 수 있는 건 아니다. 나를 닮은 누군가와 손잡을 때 행복은 만들 수 있고 느낄 수 있다. 다만 행복이란 거저 생기는 것이 아니라서 조금 세밀한 계획이 필요하다. 반대로 말하면 **계획이 있다면 누구나 더 쉽게 더 자주 행복을 느낄 수 있다.** '사랑하는 사람과는 무엇이든 할 수 있다'라는 피에르 신부님의 말을 나는 이렇게 읽는다. '책을 사랑하는 사람과는 무엇이든 할 수 있다'라고. 칼갈이 행사든, 북토크를 여는 일이든, 아니면 그 무엇이든. 그러니 힘주어 말하고 싶다. 어느덧 무뎌진 행복을 선명히 느끼고 싶다면, Don't just dream! Do plan!

"여보, 우리 주말에 특별한 일정 없지?"

남편에게 묻는다. 딱히 떠오르는 일정이 없다는 답변에 회심의 미소를 짓는다. 오는 주말 좋아하는 저자의 북토크 공지를 발견했기 때문이다. 야호 신난다. 나는 북토크에 가고, 남편과 아이는 북토크 장소 근처의 사우나를 가보도록 하자. 재빨리 북토크를 신청한다. 선착순 접수 성공! 콧노래가 절로 나온다. 이런 나를 보며 남편은 우스갯소리로 말한다. 어디 전생에 좋아하던 강연 맘껏 못 다녀서 한 맺힌 영혼 아니냐고. 어쩌면 그랬을지도!

그러니 이번 생에 주력할 일을 다시금 확인하며 당당히 말한다. 가방이나 신발을 사 모으는 게 아니라 저자 강연을 다니는 일이 얼마나 경제적이며 건설적인 취미냐고. 그러니 딱 두 시간 동안 여보는 여보가 좋아하는 사우나를, 나는 내가 좋아하는 북토크에 전념해 보자고.

　북토크에 가는 일은 분명 건설적인 일이다. 자고로 같은 내용이라도 생생한 이야기로 들으면 더욱 기억에 남는 법. 학창 시절에 누구나 이런 경험이 있을 것이다. 교과서에 적혀 있는 내용이라도 선생님이 재미있는 이야기로 풀어주면 그 부분은 확실히 기억에 남아 갑자기 시험을 봐도 맞출 수 있었던 경험 말이다. 나에게 북토크가 딱 그랬다. 책을 읽는 목적은 더 나은 내가 되기 위함인데 독서를 통해 배운 것을 일상에서 꺼내고 펼쳐야 하는 순간, **북토크 현장에서 들은 이야기는 책으로 읽은 내용보다 더 생생히 살아나 나를 행동하게 했다.**

　그뿐만이 아니었다. 북토크에 가는 일은 가슴 설레는 일이다. 이 책을 쓴 사람은 어떤 사람일까? 어떤 기운을 가졌고, 어떤 목소리를 가졌을까? 독자로서 품게 되는 단순하면서도 순수한 호기심을 해결할 수 있는 시간이었고, 저자와 눈 맞춤을 나누는 유일한 순간이었다. 생애 단 일 분, 친필 사인을 받을 때 마음으로 말했다. '그 책을 써줘서 고맙습니다. 덕분에 지난한 하루도 징검다리 삼아 앞으로 나아갈 수 있었습니다.'라고.

　그렇게 좋아하는 북토크지만 엄마가 된 후 북토크에 가는 일에 모래주머니가 달렸다. 아이를 동반하느라 가방은 더 무거워지고 마음은 더 간절해졌다. 엉엉 우는 아이가 도대체 왜 우는지 알 수 없어서 책을 읽어서라도 아이를 이해하고 싶었다. 누구는 유발 하라리의 책을 누구는 수전 손택의 책을 읽는다고 자랑스레 말했지만, 그 시절 나에게는 육아서가 허겁지겁 노달한 세상을 설명해 주는 인문 교양서였다. 때로는 기질이 예민한 아이를 이해시켜 주는 고전이었고, 매일 작은 도전과 실행력을 샘솟게 하는 자기 계발서였다. 그랬기에 좋아하는 저자의 북토크가 열리면 어디든 달려가고 싶었다.

그러던 어느 강연에서였다. 부모 강연임에도 아이가 유아차에서 곤히 잠들어 있었음에도 아이는 입장이 어렵다고 했다. 억울했다. 초대장을 보내놓고 초대 손님이 아니라고 말하는 것 같았다. 붉으락푸르락하는 내 얼굴을 보더니 그럼 오늘 한 번만 입장하시라고 했다. 그 말에 더욱 화가 치밀었다. 오늘 한 번만이라니. 당신은 아이를 오늘 한 번만 키울 겁니까? 이렇게 되물었다면 속이 다 시원했을 텐데. 그 시절 나에게 그런 기백이 있을 리 없었다.

하고 싶은 말 대신 "감사합니다."라고 말하며 그날 하루만 허락된 강연장 구석에 앉았다. 이윽고 강연은 시작되었지만 가슴 속 방망이질이 쉽게 멈추질 않았다. 오늘 재원이 엄마한테 같이 오자고 했으면 어쩔 뻔했나. 누가 누굴 걱정하나, 나도 이제 못 오는데. 감사하다니. 어쩜 그 말이 불쑥 나왔지? 할 수 있다면 그 말을 다시 욱여넣고 싶었다. 내가 뱉은 그 말 때문에 어쩌면 다른 엄마도 나와 같은 말을 듣게 될 것 같았다. 그 생각 때문에 강연 내내 나에게 화가 났다.

그 가슴속 방망이질이 '아이 동반 북토크'를 시작하는 계기가 되었다. 엄마들을 모으고 저자를 섭외했다. 강연장 뒤쪽에 돗자리를 깔았고, 아이가 맘껏 빨아도 되는 깨끗한 장난감과 그림책을 준비했다. **새로울 것 없는 북토크 방식에 엄마로 살며 필요한 것을 담자 아이 동반이 민폐가 아닌 환대받는 북토크가 되었다.**

바라는 삶이 있다면, 내 일상에 누리고픈 모습이 있다면 빡빡한 현실도 힘이 나는 법이다. 돌이켜 보면 아이를 키우는 일이 기쁨이었음에도 억울했던 이유는 바쁜 일상 중 내가 바라는 일은 하나도 없었기 때문이었다.

더는 바라는 걸 미루지 않기로 결심했다. 아이와 함께 행복한 엄마로 살겠다는 내 꿈도 의심하지 않기로 했다. 엄마로 사는 일상에 나의 행복을 담는 일. 그 일은 나뿐만 아니라 재원이 엄마에게도 곧 엄마가 될 내 동생에게도 필요한 일이었기에 그들과 함께 만들고 싶었다. 강연장이 아수라장이 되더라도 밑질 게 하나 없는 일이었다. 어차피 우리 집도 늘 아수라장이었기 때문이다.

내 삶에 도움이 되는 책을 고르듯 내 삶에 도움이 되는 강연을 하나씩 열었다. 사실 북토크나 저자 강연은 특별한 일이 아니었다.

독자 또는 아이 친구 엄마들을 모으고, 동네에 잘 알고 있는 장소를 섭외하고, 저자를 초대하는 일이 전부였다. 특별한 기획력이 있어야만 할 수 있는 일이 결코 아니었다.

하나의 점을 찍듯 쉽고 작은 기획을 이어가는 동안 어렵게만 느껴졌던 육아가 조금씩 쉬워지기 시작했다. 육아서를 낸 사람은 그 분야의 전문가와 마찬가지인데 저자를 만나 알쏭달쏭했던 지점을 속 시원히 물어보는 동안 나의 육아관이 정립되었다. 북토크를 진행하며 얻은 선물 같은 깨달음은 일상에서도 유효했다. 아이들에게 한결 더 나긋한 엄마가 되었고 조금씩 변해가는 내 모습이 좋았다. 또한 회사에서 혼자만 내쳐진 것 같아 외롭고 억울했던 마음도 북적임과 즐거움으로 채워졌다.

강의장 구석에 혼자 앉았던 내가 나와 같은 사람들을 모으기 시작했다. 그러자 나는 우리가 되었고 우리에게는 힘이 생겼다. 독자 혼자서는 저자를 만나기 어렵지만 함께라면 가능하기에 흠모하던 저자를 섭외하고, 당당하게 강의장을 대관했다. 강연을 듣다 아이의 젖을 물리거나 간식을 먹였고, 갑자기 큰 울음을 터뜨리려는 아이의 손에 난데없이 빵 과자를 들려주는 영웅적인 손길을 심심치 않게 만났다. **말하지 않아도 절로 알아주는, 서로가 서로를 보듬는 눈빛과 감각으로 우리는 그 시간을 채웠다.**

그렇게 북토크를 진행한 날이면 아이들보다 먼저 곯아떨어지기 일쑤였지만 단잠을 자고 나면 훌쩍 자란 느낌이었다. 엄마가 된 후 수시로 울던 내가 사라졌고, 아이를 동반하는 삶의 환상보다 할 수 있는 일, 누릴 수 있는 일을 확실히 바라보게 되었다. 당장 시작할 수 있는 일과 하고 싶은 일을 하는 동안 배포와 용기도 조금씩 자랐다.

북토크에 와주는 엄마들 덕분이었다. 오늘 북토크 너무 즐거웠다는 엄마이자 독자들의 인사는 또 한 번 북토크를 열어도 좋다는 허락처럼 여겨졌다. 북토크에서 만난 저자도 시작은 원래 작게 하는 거라고 말해주었다. 현장에 늘 공기처럼 존재하던 아이들의 웃음소리는 양쪽의 말이 모두 맞다고 말해주는 듯했다. 부모 강연임에도 아이를 동반한 사람을 환대하지 않는 판과 맞서 싸우기보다 우리만의 새로운 판을 계속해서 짜 나갔다. 아이 키우느라 바빠서 싸울 시간도 없는 엄마들이 모여 쉬운 기획으로 작은 북토크를 여는 동안 나는 하얗고 예민했던 사람에서 당차고 용감한 사람이 되어갔다. **그렇게 북토크는 나에게 좋아하는 일로 돈을 벌고 사람을 연결해 주는 평범한 기적의 시작이 되었다.**

"뭐라고? 평온 작가님이 오신다고?"

오소희 작가와 평온 신순화 작가. 두 분은 나에게 육아계의 양대 산맥과 같은 저자이다. 하루하루 맨땅에 헤딩하듯 현실 육아를 배우던 시기, 오소희 작가의 『엄마 내가 행복을 줄게』와 신순화 작가의 『두려움 없이 엄마 되기』 두 권의 책으로부터 나의 독서가 시작되었기 때문이다. 나에게 있어 육아계의 서태지와 같은 신순화 작가가 제주에 오신다는 소식을 접수했다.

독자 된 도리로 그냥 돌려보낼 수 없는 일이었다. 작가를 직접 만날 수 있는 기회를 놓치고 후회하느니 무모해지기로 했다. 제주 꿈바당 어린이 도서관 북카페를 섭외하고, 날짜와 시간을 블로그에 올렸다. 강연료는 십시일반 걷기로 했고, 노쇼는 슬프다는 솔직한 마음을 적었다.

2019년 4월 17일. 제주 전역에서 30여 명의 독자들이 모였다. 단 한 명의 노쇼도 없었다. 아니, 이렇게 평온 작가를 만나고 싶어 하던 독자가 많았다니. 무엇보다 나와 같은 책을 읽고 같은 삶을 지향하는 사람들이 여기 제주에 이렇게나 많이 살고 있었다니. 그 놀라운 발견에 기쁨이 가득 차올랐다. 방과 후 학원 대신 계곡에서 노는 걸 더 좋아하던 나였지만 나와 같은 사람을 과연 내가 살고 있는 도시에서 만날 수 있을까? 싶어 조용히 집에서만 지내던 시절이었고, 30명 이상의 독자와 북토크를 단독으로 진행했던 첫 경험이었다.

북토크 당일, 평온 작가를 강연장으로 모셔오기 위해 숙소로 차를 몰고 가던 길. 긴장 탓이었을까. 나도 모르게 심호흡을 했다. 길게 숨을 내뱉은 후 다시 깊이 숨을 채울 때 잠들어 있던 아가미가 숨을 쉰 듯했다.

'맞아! 나 이 느낌 참 좋아했었어.'

홍보 마케팅 팀에서 강좌 기획을 하며 강연자와 미팅하러 갈 때 느꼈던 느낌. 긴장되면서도 설레고 조금은 비장했던 감각이 평소와 다른 호흡으로 생생히 느껴지던 순간이었다. 이내 쉴 새 없이 생각이 쏟아졌다.

'그러고 보니 제주에는 도서관과 독립 서점도 많고, 북카페도 많아. 책 읽는 문화가 저변에 깔려있을 뿐더러, 직접 초빙하지 않아도 여행 삼아 제주에 내려오는 작가님들도 정말 많아.'

이 생각 저 생각이 마구 떠오르는 동안 마치 두 다리 사이에 숨겨져 있던 꼬리지느러미가 실룩! 움직이는 듯했다. 일할 때 느꼈던 희열도 샘솟기 시작했다. 가슴을 뛰게 하는 강연을 찾아다니고, 강연을 듣고 나면 발끝에서부터 가슴이 벅차오르는 사람. 이십 대나 지금이나 사람 만나는 걸 좋아하고, 그 사람들이 좋아할만한 이벤트를 계획하는 일은 여전히 내가 좋아하는 일이다. 회사를 나온 이후, 앞으로 어떤 일을 하고 싶은지, 어디서 그 일을 찾아야 할지, 끝도 없는 생각에 늘 머리가 무거워졌지만 **가만히 생각해보니 내 일은 찾는 게 아니라 결심하면 되는 일이었다.** 그 결론에 이르자 터널같이 깜깜했던 시간이 끝난 느낌이었다. 터널의 끝에는 무한한 자유가 나를 기다리고 있었다.

신순화 작가와 북토크 이후, 코로나가 오기 전까지 한 달에 한 번 북토크를 이어갔다. 육지에서 작가를 초빙해 제주 독자들과 만남의 자리를 만들었다. 코로나 시기에는 온라인으로 북토크를 이어갔다. 유료 북토크임에도 내가 여는 북토크에 참여해 주는 단골 독자들이 생겨났다. 신명 났다. 조한혜정, 안희경, 심정섭, 김민식 같은 유명 저자뿐만 아니라, 자기만의 서사가 담긴 이야기를 출판한 초보 저자들의 북토크를 진행하는 일도 보람 있었다. 특히 오소희 작가의 신간이 나왔을 때는 독자 100명이 모이는 자리에 북토크 기획자이자 진행자로 섰다. 함께 인사동의 북카페에서 떼창을 부르며 신명 나는 북토크를 진행했고, 언젠가 책이 나오면 '평범한 기적의 북토크'에 섭외되는 것이 꿈이라고 수줍게 고백하는 예비 저자를 조금씩 마주했다.

도서 블로그를 운영하며 책을 소개하고, 꼭 알리고 싶은 책을 발견하면 자체 서평 이벤트를 열어 독자들과 책을 연결하는 일. 북토크 외에도 책으로부터 비롯된 모든 활동이 곧 나의 새로운 직업이 되었다. 그 일을 할 때마다 나는 숨겨두었던 아가미로 숨을 쉬며 나만의 세상에서 신나게 헤엄을 친다.

문득, 결혼 10주년 기념으로 아이 둘을 데리고 난생 처음 가보았던 유럽에서의 일이 떠올랐다. 프랑스 몽마르뜨 언덕 위에서 나는 한국에 있는 동생에게 하소연을 했었다. 해는 저물었지만 집에 갈 생각이 전혀 없던 사람들. 모여앉아 이야기 나누고, 연주하고, 그림을 그리는 사람들의 모습이 너무나 멋졌고, 그들의 모습에서 무한한 자유를 느꼈다. 좀 더 젊을 때 이 자유의 맛을 알았더라면, 좀 더 어렸을 때 유럽이라는 땅을 밟아보았더라면 하는 생각에 괜스레 억울한 마음이 들어 동생에게 카톡을 보냈었다.

"언니가 이십 대에 멋 하나 없던 알래스카가 아닌 여기 유럽으로 연수를 왔더라면 얼마나 좋았을까? 아마 지금 내 인생이 달라졌겠지?"

그러자 동생이 답했다.

"아니야 언니, 언니가 이십 대에 다녀온 알래스카도 그때 언니에게는 충분히 의미 있는 일이었어!"

순간 머릿속에서 띵 하는 소리가 나는 듯했다. 나는 여전히 내가 누린 경험보다 누리지 못한 경험에 더 큰 의미와 가치를 두고 있음을 자각하였다. 그랬기에 어느 자리에 있어도 편안함과 안정감 대신 산만함과 불안함을 지닌 채로 살고 있었다는 걸 알게 되었다.

나의 역사를 잘 아는 동생의 말은 사실이었다. 남들은 다 미국 본토로 발령 받았지만 나 혼자 알래스카로 발령받아서 그토록 바라던 일이었음에도 시작부터 뭔가 억울했다. 그런데 그때 나는 강가에 서서 열심히 헤엄쳐 올라가는 연어를 보았다. 그게 내 인생에 어떤 의미가 될지 그때는 몰랐지만 마흔 이후 앞으로 맞이하게 될 인생의 큰 복선이었다는 걸 알게 되었다. 그렇게 선망해오던 유럽의 대륙 위에 두 발을 딛고 나서야 그간 내가 디뎠던 땅 위에서의 시간도 소중했음을 깨닫게 된 것이다.

알래스카에서 봤던 연어는 강물을 거슬러 쉴 새 없이 올라가고 있었다. 그 길에서 때로는 나처럼 어설픈 낚시꾼에게 잡히더라도 두렵지 않다는 듯, 멈추지 않고 계속 목적지를 향해 나아가고 또 나아갔다. 자신의 몸을 한껏 웅크렸다 높이 뛰어오르며, 웅크리면 웅크릴수록 더 높이 더 멀리 점프하며 오로지 자신만의 목적지를 향해 연어는 움직이고 또 움직였다.

저자를 모시러 가던 길, 나도 그 연어처럼 살고 싶어졌다. 자신의 의지로 바닷물과 민물을 자유롭게 오가던 연어처럼. 엄마의 모습과 일하는 내 모습 사이를 오가며, 때로는 신나게 바닷속을 헤엄치고 때가 되면 고요한 민물로 돌아가는 한 마리의 연어처럼. 주어진 생에 순응하며, 그 여정 속 무한한 자유를 누리는 한 마리의 연어로 살아갈 내 모습을 그려본다.

기저귀, 나의 새로운 부캐

"기적아!", "기적이 이모!"

북토크에 온 친구와 그녀의 아이들이 나를 부른다. 내 별명 '평범한기적'은 블로그 이름이다. 즉, 그 이름으로 불릴 줄은 꿈에도 모르고 정한 이름이었다. 그래서인지 사람들이 나를 '기적'이라 부를 때마다 손발이 오그라든다. 내가 기적이라니. 그럴 리가요. 나는 분명하고도 확실하게 정정한다.

"아닙니다. 저는 '평범한' 기적입니다."

그러나 아이들은 평범이고 나발이고 상관하지 않았다. 평범은 빼고 '기적이 이모'라고 부르더니, 급기야 '기저귀 이모'라고 부르기 시작했다.

"기저귀 이모! 기저귀 이모!"

사람을 불렀으면 말을 해야지. 불러놓고 자기들끼리 깔깔거렸다. 처음에는 못 들은 척, 아무렇지 않은 척했지만 사실 아이들에게 이름이란, 특히 별명이란 부르는 사람 마음 아니던가. 내 의지와 상관없이 나는 그들에게 기저귀 이모가 되었고 그들의 부모에게는 기저귀(?)가 되었다.

'흥! 나를 그렇게 부르는 사람 중에 기저귀 안 차 본 사람, 단 한명도 없을 걸!'

이렇게 응수하고 싶지만 그랬다간 또 별명을 부를 테니 지금은 내가 참는다. 속으로 씩씩거렸지만 그 빈도가 잦아지자 어느새 기저귀 또는 기적이라는 이름에 그만 익숙해졌다. 이제는 그만 웃을 법도 한데 내 이름을 부르며 여전히 웃는 아이들이 더 웃겨서 지금은 나도 같이 웃는다.

가끔 사람들이 묻는다. 어떻게 북토크를 오랫동안 지속할 수 있었냐고. 비결 중 하나도 이 별명과 같다. 처음에는 쉽지 않았지만 어느덧 익숙해져서 괜찮아졌다고. 북토크 공지를 올린 후의 두근거림. 저자와 장소 섭외를 완료했는데 단 한 명도 안 오면 어쩌지 하는 불안감. 그 불안감에 조금씩 익숙해졌다. 물론 매번 다른 이유로 떨리고, 익숙해진 것과 떨리는 것은 별개의 감정이지만 북

토크 공지를 한 후 찾아오는 불안감도 북토크 준비의 일부로 받아들이게 된 것이다.

그런데 여전히 익숙해지지 않는 마음 하나가 있다. 하나하나 모이는 마음. 북토크 공지를 보고 신청해 주는 마음을 보는 일은 여전히 익숙하지 않다. 지난번이 마지막이 아니었구나. 이번에도 함께 모여 독자들이 만드는 북토크를 이어갈 수 있겠구나. 겹겹이 모이는 마음은 늘 새로운 고마움을 쌓아 올린다.

그렇게 준비한 북토크가 열리면 시작에 서서 말한다. 와주셔서 감사하다고. 저는 평범한 기적이라고 하는데 좀 더 편하게는 기저귀라 부르셔도 매우 괜찮다고. 그저 고마운 마음에, 뭐 하나라도 더 내어주고픈 마음에 아낌없이 별명을 발설한다. 그렇게 친근하게 기억할 수 있는 나의 이름을 내밀며 북토크를 시작한다.

서른 중반 이후, 기적 또는 기저귀라는 이름으로 자주 불리게 되자 기저귀가 보일 때마다 움찔거리게 되었다. '어, 저거 난데' (어이 없게도) 혼자 피식 웃는 동안 기저귀가 달리 보이기 시작했다. 기저귀라는 단어에 내 몸이 절로 반응하는 동안 기저귀에 관한 두 가지 사실을 발견하게 되었는데 그중 하나는 앞서 말한 대로 사람은 누구나 태어나서 기저귀를 찬다는 것이다. 즉 누구나 어설픈 시절이 있기 마련이다.

그렇다면 그 어설픔에 대해 좀 더 관대해져도 괜찮지 않을까. 기저귀 없이는 아무 곳도 못 다니던 아이들이 때가 되면 미련 없이 기저귀를 떼버리듯 나의 미숙한 시절도 때가 되면 뒤도 안 돌아보고 졸업하게 되지 않을까. 북토크 진행자로서, 책을 읽고 소개하는 사람으로서, 또는 난생처음 강민정으로 태어나 살고 있는 이번 생의 나 자신으로서 말이다.

기저귀로 불리는 동안 기저귀에 관한 또 다른 진실을 알게 되었는데 너무나도 당연한 이야기겠지만 기저귀는 가득 차면 갈아줘야 한다는 점이다. 그런데 그게 말처럼 쉽지 않았다. 아이를 키운 경험이 있다면 아마 공감할 것이다. 내 거 아니고 네 거 갈아주려고 하는 건데 무슨 큰일이 난 듯 '절대 불가'를 온몸으로 외치며 도망가던 아이의 뒷모습 너머로 당혹스러움이 구린내와 함께 번져갈 때, 간신히 아이를 손으로 잡았는데 새 기저귀가 손에 닿지 않을 때, 누군가가 기저귀를 건네주면 그렇게 고마울 수가 없었다. 잠시도 눕고 싶지 않아 발버둥을 치던 아이에게 누구라도 까꿍 하며 조금만 시간을 벌어줘도 눈물 나게 고마웠다.

세상에 많은 종류의 도움이 있지만 이런 종류의 도움은 늘 나에게 내가 할 수 있는 일을 상기시켜주었다. 주는 이도 부담 없고, 받는 이도 기꺼이 받을 수 있는 그 가뿐한 도움의 무게를 애정하게 만들었다. 기저귀를 갈 때 받았던 타인의 선의는 크기와 상관없이 도움이 되었고 당장 해야 하는 일을 시원하게 마무리 할 수 있는

지렛대가 되어 주었다. 그래서 누군가가 기저귀를 갈아야 하는 순간이 오면 기꺼이 그런 도움을 먼저 주고 싶었고 그것만큼은 언제라도 내가 할 수 있는 일로 여기고 싶었다.

그런 마음으로 북토크를 열었다. 눅눅하고 찝찝한 내 안의 무언가를 벗어내야 할 때 책을 소개하며 작고 어설픈 시작을 지속했다. 그 일을 하는 내 모습과 그 일을 할 때 불리는 내 이름이 좋아서, 이왕이면 그 이름에 좀 더 비벼보기로 했다. 독자 혼자서는 저자를 만나기 힘들지만 함께라면 가능한 기적을 만들어 보자고 더 자주 이야기했고, 때로는 내가 아닌 남을 위해 북토크를 여는 내 모습이 뿌듯했다. 한 달에 한 번쯤은 그런 사람으로 사는 일도 꽤 괜찮은 일이었다. 기저귀든 기적이든 충분히 슬기로운 나만의 부캐 생활이었다.

북토크를 마치고 집으로 돌아갈 때 한결 단정해진 마음과 걸음걸이를 기억한다. 오늘 하루 나 참 잘 살았구나. 꽤 괜찮은 사람이 되어 보았으니 이제 집으로 돌아가면 내 뜻대로 안 된다고 쉽게 짜증 내지 말고 다시 잘 살아야지. 평범한 일상도 단단히 잘 살다가 한 달 후, 또 이 사람들을 만나러 와야지. 뭉게뭉게 솟아나는 다짐들은 마음 깊숙한 곳에 쌓여 나를 정화해 주었다. 똥이 가득 든 기저귀를 찬 채 도망가는 아이를 원망 대신 여유로운 눈빛으로 바라보게 했고, 집이 아닌 곳에서 기저귀를 갈아야 하는 순간에도 "할 수 있다! 강민정!"을 호방하게 외칠 수 있었다. 비록 지금은 기저귀를 갈지만 한 달에 한 번은 부캐로 살 수 있는 나의 일이 있어서, 좋아하는 일을 지속할 수 있는 기회가 있어서 무럭무럭 커가는 아이와 함께 내 영혼도 분명 무럭무럭 자라던 시절이었다. 무엇보다 어린아이를 키운 그 시절에 스민 감성이 기획자로서 나의 가장 큰 장점이자 버티는 힘이었음을. 지금의 나는 잘 안다.

영화 <타임>의 주인공은 집안 대대로 내려온 신기한 능력을 보유하고 있다. 바로 자신의 미래로 시간여행 할 수 있는 능력이다. 그 능력을 통해 미래의 내 모습을 보고 더 책임감 있는 오늘을 살며 현재를 각별히 여기게 된다. 과장 조금 보태자면 북토크를 지속하는 동안 그 능력이 나에게도 생겼다. 북토크를 통해 작가를 만나고 그들과 우정을 쌓으며 미래의 나를 만날 수 있기 때문이다. 바로 작가가 되고 싶은 나, 글 쓰는 사람으로 살고 싶은 미래의 내 모습 말이다.

글은 나에게 질문하는 방법이었다. 인생에 떠오른 물음표에 답하기 위해 글을 써 내려갔다. 하얀 화면 가득 글씨가 채워졌다 지워지고 다시 채워짐을 반복하는 동안 내가 품은 질문이 해결되었고 진한 해방감을 느꼈다. 그 후련함이 좋아서 일기가 아닌 독자와 나눌 수 있는 글을 쓰고 싶었다. 글쓰기 강좌를 기웃거려 보았지만 적절한 수업을 찾을 수가 없었다.

　문득 김재용 작가님이 떠올랐다. 결혼 전 사회에서 처음 작가님을 만났을 때, 작가님은 나처럼 평범한 주부였지만 현재는 8권의 책을 내고 글쓰기 수업을 하며 인생 2막을 멋지게 살고 있는 저자였다. 나에게는 더없이 좋은 글쓰기의 스승이자 인생의 롤모델이었다. 작가님께 글을 쓰고픈 간절한 바람을 전했고, 2주에 한 번씩 제주에서 글쓰기 수업이 진행되었다. 지금은 14기까지 이어지고 있는 <제주, 그녀들의 글수다>의 시작이었다. 글쓰기를 처음 시작했던 5년 전, 김재용 작가님은 내게 말했다.

　"민정아, 보통 첫 책이 나오는데 3년 정도 걸려. 그러니 차근차근 잘해보길 바라."

　이제 막 글쓰기를 시작하는 제자에게 주는 응원이었지만 솔직히 속으로 생각했다. '아닌데, 난 1년 만에 책 낼 수 있는데.' 7년 동안 블로그에 꾸준히 글을 써왔고, 취미는 독서라고 제법 당당히 말할 수 있었기에 은근 자신 있었다. 그러나 1년 만에 책을 내겠다는 생각은 자만이었음을 곧 깨닫게 되었다. 일반적인 글을 쓰는 것과 책으로 엮을 수 있는 원고를 쓰는 일은 엄연히 다른 영역의 일이었고 그에 따른 새로운 접근이 필요했다. 즉 독자가 없는 글만 써오다 독자를 위한 글을 쓰기 위해서는 글의 관점부터 새롭게 배우며 훈련해야 하는 시간이 필요했던 것이다.

　지금은 처음 생각대로 1년 만에 책을 내지 못한 일이 천만다행이기도 하다. 글을 막 쓰기 시작했을 때, 그 시기에만 쓸 수 있는 거칠면서도 솔직한 글을 책에 담을 수도 있지만 그보다 정제된 표현으로 내 생각을 담백하게 전하는 것을 선호하게 되었기 때문이다. 게다가 그 시절에 적은 호기로운 글을 들쳐보면 솔직히 부끄럽기도 하다. 독자를 위한 글이 아닌 그저 토로하는 글이 대부분이었다. 사실 그런 토로의 글을 적는 시기를 지나와야 비로소 나만의 문제가 다듬어지고 독자에게 전하고픈 메시지를 편안하면서도 뾰족하게 전달할 수 있음을 지금은 잘 안다. 그러나 당장 올해 책을 내고야 말겠다는 전투적인 자세로 글을 써오던 지난 5년 동안 나는 나를 끊임없이 미워했다. 투고를 위해 완성한 글을 읽을 때마다 겨우 이 정도밖에 쓸 수 없으면서 무얼 해보겠다는 내가 한심하기도 했고, 이미 책을 출간한 작가들의 단정한 글과 내가 쓴 글이 절로 비교가 될 때면 한없이 초라해짐을 느꼈다.

　그렇게 자꾸 작아지던 나를 위해 북토크를 열었다. 한 달에 한 번, 구겨진 마음을 옷장 속 구겨진 옷과 함께 다림질하며 북토크를 이어갔다. **나를 괴롭히는 사람이 바로 나 자신이라면 그런 나를 멈추게 하는 사람도 결국 나 자신이어야 한다.** 그러기 위해 스스로를 괴롭히던 책상에서 일어나 사람들의 온기와 환대를 느낄 수 있는 양지에 나를 데려다 두는 노력을 이어갔다. 그 노력을 지속

하는 동안 평범한데 특별한 인생이 펼쳐지기 시작했다.

글이 안 써질 때, 동경하는 작가의 책을 읽는 것만으로도 배움이 었는데 한 발 더 나아가 북토크를 제안하고 그 제안이 현실이 되자 몇몇 저자와는 우정을 나누게 되었다. 열심히 쓴 글이지만 투고 후 거절 받았을 때, 자존감이 와르르 무너질 때, 찾아갈 수 있는 선배 가 나에게 생긴 것이다. 그것도 직속 선배님이 말이다. 작가 지망 생으로 경험하는 모든 것은 난생 처음이라 작은 일도 크게 속상하 고, 당연한 과정도 무척 상심하던 때 그 일을 먼저 그것도 매우 성 공적으로 졸업한 사람을 알고 지낸다는 건 평범한 내 인생의 특별 한 일이었다. 글을 쓰고 책을 출간하는 여정 속의 경험과 조언을 들을 수 있었기 때문이다.

그렇다고 부끄러운 초고를 선배님께 봐 달라고 하지는 않는다. 다만 내 안에 엉켜 있는 마음이 글과 함께 잘 안 풀릴 때 선배를 찾 아갔다. 막상 만나면 만남 자체가 반가운 일이 되어 글과는 무관한 대화를 나누게 되지만, 선배의 이야기를 듣는 동안 절로 알게 된 다. 선배도 나와 비슷한 슬픔과 중독된 희망을 품었던 시절이 있었 다는 것을. 나에게는 선망하는 작가인 그도 그러한데 이제 출발선 에 선 나에게 지금의 과정은 당연하다는 것을. 갈 길을 훤히 알면 가는 길이 덜 힘든 법이다. 저자와의 사적인 대화를 통해 얻은 깨 달음은 지금의 힘듦이 정석대로 잘 가는 중이라는 믿음이 되고 다 시 시작하는 결심이 된다. 그 결심과 함께 다시 의자를 당겨 책상 앞에 앉았다.

　어쩌면 나는 때로 인생 선배이자, 직속 선배인 작가에게 묻고 싶었는지도 모른다. '제가 과연 재능이 있는 걸까요? 이렇게 계속 글을 써도 괜찮은 걸까요?'라고. 그러나 꾸준함이 재능인 직속 선배는 차마 묻지 못한 질문에 절로 답을 해주었다. 매일 글을 쓰기 위해 운동하고, 매일 글을 쓰기 위해 저녁 약속을 자제하고, 매일 글을 쓰기 위해 일상을 정돈하되 온 몸과 마음의 감각을 늘 열고 살아가는 삶의 방식을 보여주었다. 북토크를 함께한 몇몇 저자와 교류하며 마치 사람 책을 읽듯 작가의 일상을 읽어 내려간 지금은 더 이상 글쓰기에 관한 나의 재능을 재지 않는다. 선택 밖의 영역인 재능보다 꾸준함을 선택하며 계속해서 글을 쓸 뿐이다.

　『부지런한 사랑』의 이슬아 작가는 글쓰기의 재능에 관해 다음과 같이 이야기한다. '꾸준함이 없는 재능이 어떻게 힘을 잃는지. 재능이 없는 꾸준함이 의외로 얼마나 막강한지 알게 되었노라고.' 그 구절에 마음 깊이 동의하며 글쓰기에 있어서만큼은 오래도록 쓰고 싶다. 이렇게 마음먹었더라도 글이 잘 안 써진다며 또 징징거리기 일쑤겠지만. 그러다 작가님이 더는 내 전화를 안 받을까 봐 실은 내심 조마조마하지만. 그래도 쓰는 일에 있어서만큼은 셀프 퇴장 없이 컴퓨터 모니터 앞 내 자리로 돌아가 쓰는 일에 나를 더욱 소비하며 살고 싶다. 그 여정 속에 만난 작가님들과 길고 굵은 우정을 이어가며.

"엄마 해리포터가 뭐야?"

솔방울(아들)이 일곱 살이던 어느 날, 숲에서 놀고 돌아오는 길에 느닷없이 해리포터가 등장했다. 단 한 사람의 이름이지만 어디서부터 어떻게 설명해 줘야 할지 머뭇거리는 동안 솔방울이 말했다.

"있잖아, 민규가 자기는 영어로 해리포터를 다 읽었다고 하던데 그게 뭐야?"

앗 잠시만! 나 지금 동공 지진이 일어난 거니. 민규라고? 가끔 아파트 놀이터에서 같이 노는 민규가 그랬다는 거지? 거듭되는 엄마의 질문에 아이가 다소 당황했다. 왜 대답은 안 해주고 자꾸 묻기만 하냐며 내 입술만 바라보았다.

자연 출산 모임에서 만난 엄마들의 독서 모임에 합류한 이후, 아이는 늘 독서 모임에 함께 다녔다. 때로는 실내 검도장에서 때로는 놀이터에서 아이 동반 독서 모임을 이어오는 동안 아이들은 제법 잘 어울려 놀았다. 그 어울림은 채워도 늘 갈증이 났다. 한 달에 한 번 만나지 말고 우리 더 자주 모이면 어떨까? 이왕이면 숲에서 실컷 놀려보자. 그 덕에 우리도 더 자주 만나고 말이야. 엄마표 숲 유치원이 뚝딱 만들어졌다. 모임의 취지를 찰떡처럼 알아주시는 선생님 두 분과 손잡았다. 아이들은 엄마 손 대신 선생님 손을 잡고 매일 숲으로 갔다. 큰아이가 다섯 살 되던 해의 일이었다.

그 후로 비가 오나 눈이 오나 아이들은 숲에서 놀았다. 엄마들끼리는 당번을 정해 대장 이모를 했다. 선생님을 돕기 위함이었지만 결국은 숲에서 함께 놀고 싶은 마음이었다. 같은 숲도 혼자가 아닌 여럿이 함께 가면 더욱 재미있는 법이다. 매일 큰 바위 미끄럼틀을 탔고 흙 케이크와 골짜기 전골을 만들었다. 분명 오늘 아침에 새로 꺼내 입었는데 구멍 난 바지와 시커메진 얼굴을 훈장처럼 달고 아이는 내 품으로 돌아왔다.

그렇게 한낮을 보낸 후 집으로 돌아왔을 때, 때가 맞으면 동네 친구인 민규와 어울려 놀았다. 그럴 때마다 한글은 안 가르칠 거야? 이제 곧 학교 가는데 어쩌려고 그래? 하는 민규 엄마의 애정 어린 훈수도 여유롭게 웃어넘겼다. 숲에서 놀면 얼마나 재미있는데, 한글 공부에 비할 바가 아니라고. 나만의 은근한 비밀을 지닌 채 대답 대신 미소를 지었다.

　그랬는데 영어는 달랐다. 자고로 해리포터 원서 읽기란 많은 엄마의 로망이 아니던가. 엄마표를 하든 영어유치원을 다니든 적절한 시기에 해리포터를 읽는다는 것은 뭔가 영어 학습의 기념비적인 일이었고 그 일이 나의 아이에게도 언젠가는 일어나기를 남몰래 바랐던 게 솔직한 마음이었다. 괜히 마음이 조급해졌다. 일곱 살만 받아주는 영유 반이 따로 있다던데. 못 들은 척했던 민규 엄마의 이야기가 급히 소환되었다. 학교 가기 전 노는 시간을 조금만 줄여보면 어떨까. 어쩌면 지금도 많이 늦은 건 아닐 거야. 이제 겨우 일곱 살이잖아. 내 맘속 방망이질이 시작되었다.

　내친김에 민규 엄마에게 영어유치원 수업료를 물었다가 깜짝 놀랐다. 매일 민규가 집에서 푼다는 숙제의 양은 더 놀라웠다. 이 정도의 분량을 솔방울 동갑내기가 해내고 있다는 사실은 충격 그 자체였다. 그 지점에서 절로 팩트 체크가 되었다. 우리 집 아이는 그 집 아이와 엄연히 다르다는 것. 사교육은 아무나 받을 수 있는 게 아니라는 것. 수업 시간 50분 동안 에너지 넘치는 솔방울은 가만히 앉아 있지도 않을뿐더러 그 시간을 보낸 후 집에 온 아이를 또다시 앉혀 숙제를 시킬 일이 자신이 없었다.

　그래도 아이와 나의 인생이 엄연히 다른데 정말 이렇게 놀기만 해도 괜찮은 걸까? 매일 불암산에서 노는 게 좋다고 했을 때는 언제고 어느새 불안이 암초처럼 자라났다. 첫아이를 키울 때 생기는 필연적인 불안함인 걸까? 나만 이런 감정이 드는 걸까? 질문 중독자가 된 나는 함께 숲 유치원을 운영하는 엄마들에게 묻고 또 물었다. 그러나 각자 삶의 배경은 달라도 부모로서 갖는 경험치가 비슷했기에 질문에 관한 명쾌한 답을 찾지 못했고 답답했다.

그렇다면 바로 그때가 나의 원천기술을 투입할 타이밍이었다. 함께 읽을 책을 선정하고, 장소를 섭외하고, 비슷한 고민을 지닌 엄마들을 모으는 기술. 마침 자녀 교육 관련 신간이 나온 평소 좋아하던 저자에게 메일을 보내 읍소하는 기술. 별거 아니지만 절실할 때는 별거가 되어주는 나의 '일 벌리기 기술'이었다. 기술 좋은 정비사는 삐걱거리는 차를 금세 고치는 법이다. 나의 삐걱거림을 고쳐 줄 정비사로 모시고픈 저자가 있었다.

『학력은 가정에서 자란다』의 심정섭 저자였다. 오랫동안 강남 대치동에서 입시 교육을 지도했던 경험과 깨달음으로 쓰인 책이라 귀가 솔깃했고, 자연 출산을 준비할 때 부모 교육을 해준 저자였기에 신뢰가 깊었다. 함께 자연 출산 교육을 받은 가정과 매일 숲에서 놀고 있었기에 나와 친구들에게 균형감 있는 조언을 줄 수 있을 것이고 나 또한 솔직한 질문을 할 수 있을 것 같았다.

그때 저자를 바로 우리의 일상으로 초대할 수 있었다면 좋았겠지만 당시 나의 북토크 경력은 미비했기에 저자를 모시기에는 부족했다. 대신 저자의 모든 책을 읽고 근황을 체크하며 언젠가 만나는 날을 손꼽아두었다. 마침내 때가 왔다! 그 후로 일 년 후, 저자는 제주에서 교육 간담회를 진행하였다. 나 또한 제주로 막 이주했던 시점이었기에 반가운 마음으로 달려갔다. 역시나 달려가길 잘했다. 아이는 20년이 아닌 100년을 살아갈 것이기에 스무 살 대학 입시가 아닌 30~40대에 행복하고 경제적 자유를 갖는 것을 교육의 목표로 삼아보라는 조언이 강연 내내 흘렀다. **그 조언을 통해 남이 정한 정답이 아닌 나만의 해답을 찾아보기로 했다. 기승 전 성공이 아닌 기승 전 행복으로 아이 교육을 바라볼 것.** 그것이 내가 찾은 해답이었다. 대학 입시가 아닌 나와 우리 가족에게 맞는 목표를 설정하면 선택지는 많아지고, 현재의 영어 레벨 같은 수치에 동공이 흔들리지 않게 될 거라는 이야기에 동감했다.

또한 강연을 통해 얻은 또 하나의 뼈 때리는 깨달음이 있었는데 모든 것을 부모인 내가 해줄 수 없다는 단순 명쾌한 진리였다. 대안 교육만 있는 것이 아니라 대안 사교육도 있으며 중요한 것은 그중 어느 하나를 '선택할 자유가 나에게 있다는 것'을 인지하는 것. 그것만으로도 뜻 모를 불안감을 조금씩 다스리며 아이를 바라볼 수 있게 되었다.

다만 그 선택에 가장 중요한 것이 있었다. 아이와 부모가 '함께' 선택지를 찾고 어떻게 그것을 이어갈지 정해야 하는 것과 그 전에 '스스로 선택하는 삶'을 부모가 먼저 살아야 한다는 것이었다. 시간이 많이 흘렀지만, 아이가 숲에서 놀던 그 시절, 해리포터라는 단어가 나를 초조하게 만들었던 이유를 진지하게 들여다보았다. 해소하지 않은 채 미뤄두었던 불안감을 차근차근 짚어보는 동안 할 수 있는 일과 선택할 수 있는 일이 하나씩 분별되었다.

그래서 솔방울은 과연 해리포터를 만났을까? 해리포터 때문에 동공이 흔들렸던 시절 솔방울은 영어 학원보다 숲에서 만나는 해리포터를 택했다. 적당한 크기의 나뭇가지에 글루건으로 굴곡을 만든 후 검정 라카로 색칠을 한 지팡이를 들었다. 망토 대신 보자기를 두르고 자체 제작한 마법 지팡이와 함께 솔방울만의 버전으로 해리포터를 만들었다. '언제나 희망이 경험을 이긴다.' 심정섭 저자의 책에서 읽은 문장 덕분이었다. 비록 나는 책상에서 지식을 외운 경험이 전부였지만 솔방울에게는 숲과 나무가 책상일 수도 있다는 것. 그곳에서의 배움이 앞으로 달라질 세상에서 더 단단하고 너른 책상이 되어줄 거라는 희망으로 우리만의 엄마 '활동표' 영어를 이어갔다.

한 엄마는 동네 아이들을 모아 영어 수업을 시작했다. 쓰기와 읽기 활동보다 게임과 놀이를 통해서 영어를 접하게 해주고픈 선택을 바로 실천하는 모습이 멋졌다. 그렇게 언어 근력을 만든 후 아이가 초등학교에 입학했을 때 가족이 모두 세계 여행을 떠나는 실천력에 큰 박수를 보냈다. 또 다른 엄마는 아이들의 잠자리 독서에 주력했다. 매일 꾸준히 읽는 힘이 훗날 다른 언어를 배울 때도 값

지게 쓰일 것이라 믿으며 유년 시절의 독서를 뚝심 있게 이어갔다. 평범한 것은 강한 것이다. 평범하게 시작하기 좋은 일을 꾸준히 하는 동안 단단하게 채워진 공력이 현재 12살이 된 아이는 물론 그 가정의 삶에서 어김없이 발현되는 중이다. 그 모습을 볼 때마다 내 입가에는 또다시 미소가 머문다. 할 수 있는 일과 선택할 수 있는 일을 분별해온 사람들의 모습을 보며 어쩌면 나의 선택도 괜찮을 거라는 믿음이 단단해지기 때문이다.

그때도 지금도 나에게 책이란 그런 것이었다. 경험하지 못한 세상도 믿고 지속하게 해주는 든든한 버팀목과 같은 것. 첫아이를 키우며 나의 목소리보다 남의 목소리에 절로 귀가 기울여질 때 중심을 잡게 해주는 것. 책을 혼자 읽기보다 자주 교류하는 엄마들과 읽고 또 읽었더니 나만의 버팀목이 우리의 버팀목이 되었고, 그렇게 모인 버팀목끼리 새로운 울타리를 만들었다. 그 울타리 안에서 아이들은 학원과 휴대폰 없이 유년 시절을 오롯이 놀며 독서의 세계에 빠져보는 경험을 이어갈 수 있었다. 지금은 제주에서 일곱 가정과 느슨한 공동체 마을을 이뤄 함께 노니는 중이다.

물론 언젠가 내 아이도 해리포터 원작을 술술 읽으면 좋겠는 마음도 솔직한 내 마음이긴 하다. 또한 나름의 노력으로 그 세상을 일찍 만난 민규의 성취도 소중하다고 생각한다. 다만 내가 지키고 싶었던 것은 나와의 비교가 아닌 타인과의 비교를 통해 조바심 냈던 마음이었다. 학원을 보내거나 엄마표 영어를 시작하더라도 그 마음을 먼저 들여다보고 다듬은 후에야 시작할 수 있는 사람이 바로 나라서 책을 읽고 북토크를 진행했다.

아이를 키울 때 들던 조바심은 단 한 권의 책과 단 한 번의 북토크로 없어지는 것이 아니다. 그래서 마음속에 찬 바람이 불면 보약을 지어 먹듯 육아서의 저자와 북토크를 진행했다. 내가 알고 싶은 분야, 알고 싶은 진로를 누가 그러더라 하는 어깨너머 귀동냥이 아닌 그 분야의 전문가인 저자의 책을 읽고 직접 이야기 나누며 나만의 관점을 세우는 일에 북토크가 직방이었다. 뿐만 아니라 함께 자리한 독자들의 이야기를 통해서도 바로 실천 가능한 육아 꿀팁도 들을 수 있었다.

아이를 키우는 방법을 정하는 일은 앞으로 내가 어떻게 살겠다는 것을 결정하는 것과 같다고 한다. 저자와 독자가 만나 나눈 이야기를 통해 나의 육아관을 정립해주는 북토크. 많은 엄마들이 북토크를 열어보길 권하는 이유이다.

참교육의 현장이 된 아이 동반 북토크

"엄마 나도 이 그림책 작가 만나고 싶다!"

『결혼에도 휴가가 필요해서』 임현경 저자의 북토크를 마치고 집으로 오던 길, 갑자기 평화(딸)가 말했다. 그날도 평화는 북토크의 스태프가 되어 마지막 단체 사진을 찍어주었고, 행사 후 뒷정리도 도와주었다. 학교 가기 전까지 늘 엄마의 북토크를 함께해온 평화였지만 그래도 엄마가 일하는 동안 지루하진 않을지 염려되었다. 혹시 그럴까 봐 북토크가 시작되기 전 책방에서 그림책 한 권을 사주었는데 평화는 그 그림책의 작가를 만나고 싶어 했다. 반가웠다. 더없이 기쁜 마음으로 그 말에 답했다.

"만나면 되지. 엄마는 엄마가 만나고 싶은 작가를 만나고, 평화는 평화가 만나고 싶은 작가를 만나면서 살자! 와! 그럼 우리 너무

재밌겠다!"

대답 대신 상기된 표정으로 연신 고개를 끄덕이는 평화가 그날따라 더욱 예뻤다. 젖먹이 시절부터 엄마의 북토크 현장을 함께한 평화와 솔방울은 엄마 회사 이름이 '북토크'인 줄 알고 자랐다. 실제로 1학년이 된 평화가 학교에서 엄마의 명함을 만들어 왔는데, 더없이 뿌듯한 표정으로 내민 명함에 이렇게 적혀 있었다. '평본한기적 북토크'. 평범과 평본이 헷갈렸지만 엄마의 회사 이름이 확실하다고 믿는 단어가 큰 글씨로 적혀 있었다. 평화를 가득 안아주었다. 그 안에 바로 우리만의 평범하고도 각별한 기적이 들어있음이 감사했다.

아이를 맡길 곳이 없어서 데리고 다니며 시작한 일은 어느덧 내 일이 되었다. 스스로 만나고픈 저자를 섭외해서 저자를 만나기도 하지만, 지금은 저자나 출판사로부터 먼저 연락을 받기도 한다. 독자뿐만 아니라 저자에게도 아이 동반이 가능한 북토크는 내 기획의 중요한 차별점이 되었다. 경력이 쌓이는 동안 정직하게 자라난 아이들 덕분에 평본 아니, 평범한 북토크도 진화를 거듭해가는 중이다.

처음에는 대학생을 섭외해 돌봄을 의뢰했고, 다음은 저자의 자녀를 돌봄 도우미로 초빙했다. 여기서 '초빙'이라 함은 정식으로 돌봄 프로그램을 기획하고, 북토크 참가비와 별개로 돌봄 프로그램의 참가비를 걷어 돌봄 선생님에게 고스란히 전해드렸다는 의미이다. 『홈스쿨대디』 김용성 저자와의 북토크 현장이 그랬다. 아빠가 강연하는 동안 저자의 아들이자 종이접기 전문 강사인 현민이를 돌봄 형으로 초빙하였다. 현민이는 두 남동생과 합심해서 참가비 이상의 알찬 종이접기 프로그램을 진행해주었다. 독자들은 아이들이 지루해할까 노심초사하지 않고 저자의 강연을 들을 수 있어서 좋았고, 아이들은 처음 만난 형의 말에 귀 기울이느라 바빴다. 종이접기 '형 선생님'의 반듯반듯한 종이와는 다른 삐뚤빼뚤의 실력이었지만 불굴의 종이접기 완성을 위한 고도의 집중력을 보여주었다. 덕분에 부모들은 어느 때보다 고요하고 편안한 마음으로 저자의 이야기에 귀 기울일 수 있었다.

엄마 손 잡고 북토크 현장에 오던 아이들이 한 번은 어린이 사장님이 되기도 했다. '돈을 밝히는 아이가 아닌 돈에 밝은 아이로 키우는 법'이라는 주제로 강연을 열었는데, 바로 『시간부자의 하루』 정연우 저자와 함께한 일이었다. 저자와 함께 강연장 앞마당에 '어린이 창작물 벼룩시장'을 열었다. 그 작당모의를 주변에 알리는 일부터 즐거웠다. 아이들이 정성 들여 접은 종이 팽이와 그림엽서 등 '창작물'을 가지고 아이와 함께 강연에 오라고 말했다. 역시나 '놀이의 신'인 아이들은 직접 만든 창작물은 물론 딱지치기, 나무 화살 쏘기, 장난감 자동차로 놀기 등 물건 판매는 물론 체험행사도 척척 준비해왔다. 어린이들은 창작물 벼룩시장에서 셀러와 바이어 역할을 동시에 하느라 바빴고 어른들이 강연을 듣던 장소에는 얼씬조차 하지 않았다. 당연히 아이와 어른 모두 만족스러운 시간이 되었다.

그 진화의 역사를 누구보다 잘 아는 아이가 평화와 솔방울이었다. 또한 오래도록 그 현장에 와주는 독자의 아이들도 그렇다. 아이들끼리는 친구가 되었고, 엄마들이 북토크를 할 때마다 만나 반갑게 놀았다. 작가를 만나는 일은 아이들에게 특별한 일이 아닌 일상이 되었고 재미난 일도 생기는 친밀하고 친애하는 시간으로 기억되었다. 두 아이가 크면서 만나고픈 작가도 하나둘 생기기 시작하는 지금, 앞으로의 날들이 더 기대되는 이유이다.

그날 문득 나의 일이 아이에게 어떤 식으로 비치는지 궁금했다. 제법 자기 생각을 읽고 쓸 줄 알게 된 평화와 솔방울에게 엄마의 일이 어떻게 보이는지 물어보았다.

"음, 엄마는 만나는 사람이 많고 그 사람들이 하나같이 멋쟁이 같아." 패션에 관심이 많은 평화의 말이었다. 아마도 평소 복장과는 다른 깔끔하고 정돈된 복장으로 독자들 앞에 선 저자의 모습을 눈여겨보았던 것 같다. 그러고 보니 아이들은 그렇게 차려입은 사람을 볼 날이 흔치 않다. 그래서일까. 어느 날은 엄마도 검정 바지 말고 초록 바지나 노랑 바지를 입으라며 나의 옷차림에 훈수를 두었었는데 그 시작이 바로 북토크였구나 싶어 웃음이 났다.

"엄마의 일은 뭔가 만나서 이야기를 많이 하는 것 같아. 그리고 엄마가 일할 때 나는 엄마 친구들의 아이를 만날 수 있어서 좋아." 엄마보다는 친구에 더 관심이 많은 솔방울의 대답이었다. 그런데 그다음 무심하게 던진 말이 나에게 햇살처럼 쏟아졌다.

"엄마의 일은 뭔가 재미있어 보여. 그리고 엄마는 그 일을 좋아하는 것 같아."

자식. 친구랑 놀면서 다 보고 있었구나. 엄마가 얼마나 이 일을 좋아하는지. 좋아하는 일을 하는 것이 얼마나 재미있는지. 그게 네 눈에도 보였구나. 아이의 말에 뿌듯했다. 함께 만들어간 뿌듯함이기에 더욱 소중한 감정이었다.

언젠가 아이가 진로에 관해 고민하는 순간이 오면 나는 절로 이 대화를 떠올릴 것이다. 그리고 자신 있게 말할 것이다. 모르는 게 있고, 어려운 게 있으면 책을 읽고 질문하며 무엇이든 시작해보라고. 혼자도 좋지만 함께하면 더욱 좋다고. 시작하는 무모함 속에는 이미 많은 힘과 기적 같은 마법이 숨겨져 있다고. 엄마에게는 북토크가 그랬던 것처럼 너만의 평범한 기적도 분명 그곳에 있을 거라고.

책을 읽어서 좋은 점은 정말 많다. 그 점은 내가 어릴 때도 늘 존재했고, 나의 부모님도 분명 나에게 말해주었을 것이다. 그러나 어떤 좋은 것도 나에게 필요할 때 보이고 들리는 법이다. 독서의 좋은 점을 아이들에게 전달하고자 할 때 북토크를 활용해 보면 어떨까. 북토크 덕후로서 좀 더 힘주어 말해본다면 북토크 현장에 더 자주 아이를 데리고 참여해 보기를 권하고 싶다. 현장을 직접 보고 경험하며 아이들은 책을 통해 만날 수 있는 다채로운 세상을 만날 수 있기 때문이다. 현장에서 친구와 놀았던 일이 전부라도 책을 매개로 어른들이 일을 도모하며 나누었던 긍정적인 기운은 아이들에게 절로 스며들 것이다. 그런 익숙하고 친근한 경험이 쌓이면 언젠가 아이들도 새로운 일을 시작할 때 스스로 고른 책을 펼치며 작은 시작의 용기를 낼지도 모른다.

나의 아이는 물론 더 많은 아이가 살면서 만나고픈 작가가 한 명쯤은 있기를 바란다. 꼭 한번 만나고픈 작가가 있는 삶과 그렇지 않은 삶은 정말 다를 것이다. 책을 읽고 안 읽는 것만큼이나 다를 것이고 동경하는 삶의 모습이 있는 것과 그렇지 않은 것만큼이나 다를 것이다.

그렇기에 잔소리 대신 책 읽는 일의 효능을 보여줄 수 있는 참교육 현장인 북토크에 많은 엄마가 아이와 함께 오기를 희망한다. 아장아장 걸어오는 발걸음과 빵 과자를 꼭 쥔 고사리 손을 현장에서 더 자주 보고 싶다.

북토커의 일기 01

바람이 분다.

날이 습해지고 비가 내린다.

주변 아이들이 수족구, 결막염으로 힘들어한다.

덩달아 엄마들도 어렵고

오늘 예정된 북토크의 참가 취소 댓글이 달릴 때마다

내 맘도 점점 어려워진다.

나의 북토크

이 시간은 절실함으로부터 비롯되는 시간이다.

너무나 절실해서

이날 하루만큼은 세상 모두가 제발 무탈하기를 빈다.

오늘 북토크에 오기 위해

이른 아침부터 부지런히 집을 나서고 있을 사람들

서울에서 제주로 와주는 사람들

제주의 끝에서 끝으로 오고 있을 사람들

아무쪼록 참가자 모두 북토크에 오는 동안 불편함이 없기를

하늘에, 공항에, 제주 시내에 깔려 있는 보도블록 하나 하나에게

간청하고 싶은 마음이다.

부디 참가자들이 오는 동안

아무런 문제가 생기지 않게 해주세요.

아이도 아프지 않고,

가족에게 별일도 안 생기고,

또 참석이 망설여지는 마음 없이

모든 것이 편안하고 자연스러운 흐름 속에 흘러갈 수 있게 해주세요.

지금 북토크를 준비하며 두 손 모아 기도한다.

Chapter 2

북토크로 만나는 세상

기적의 북토크

북토크에 와줄 독자를 모집하기 위해 블로그에 글을 올린다. 일시, 장소, 내용, 접수 방법과 주제, 나눌 이야기. 이렇게 다섯 가지의 내용을 일목요연하게 올리면 되는데 그게 참 말처럼 쉽지 않다. 일단 어떤 책인지 성실히 읽고, 정성을 다해 블로그에 서평을 올린다. 그 책이 나에게 어떤 울림을 주었으며, 어떤 주제로 북토크를 진행할 예정인지 설득력 있으면서도 매력 있게 그래서 내가 진행하는 북토크에 오고 싶어 안달하게 만들 수 있다면 좋겠는데 그런 재주가 나에게 있을 리가.

매력 대신 힘만 잔뜩 들어간 글을 완성하고 맞춤법 검사 버튼을 누른다. 잘 알고 있다고 생각한 단어에 혹시 다른 뜻이 있는 건 아닌지, 내 눈에는 절대 안 보이는 오타가 있었던 건 아닌지 검사 결과를 확인했는데 이런, 죄다 빨간 줄이다. 아무리 공들여 적어도 내가 적은 글에는 자주 빨간 줄이 등장한다. 왜냐하면 본문에 적힌 그 단어, '북토크' 때문이다. 이번에도 예외 없이 빨간 줄이 쫙쫙 그어져 있다.

북토크. 이 단어의 올바른 표현은 무엇일까? 고침 버튼을 누르자 빨간 줄이 사라지고 한 단어가 등장하는데, 바로 '북이 토크'다. 아무리 맞춤법에 어긋나지 않는다고 해도 이런 족보 없는 단어를 쓰고 싶지는 않다. 그런데 혹시나 북토크라는 단어가 사람들에게 직관적으로 이해하기 힘든 단어일까? 곰곰이 생각해본다. 때로는 저자 강연이라는 단어가 북토크를 대신해서 쓰이기도 하지만 저자 강연이란 단어는 뭔가 부족하다. '일정한 주제에 대해 저자가 청중 앞에서 강의 형식으로 진행하는 것'이라는 강연의 사전적 의미와 북토크는 엄연히 다르기 때문이다.

북토크에 그어진 빨간 줄을 무시하기로 한다. 비록 우리말 사전에는 존재하지 않는 단어이지만 누군가에게는 희열을 느끼게 하는 단어이다. 바로 나라는 사람에게 말이다. 그런데 얼마 전 『나의 뉴욕 수업』의 곽아람 저자도 북토크의 희열을 맛본 듯했다. 최인아 작가의 저서 『내가 가진 것을 세상이 원하게 하라』의 대담을 마친 후, 곽아람 저자의 인스타그램에 이런 소회가 공유되었다.

"대담 준비를 하면서 책을 다 읽었기 때문에 강연 내용도 책 내용과 대동소이 하겠거니 했는데 달랐다. 왜 사람들이 저자 직강

을 중시하며, 왜 사람들이 북토크에 참여하였는지를 나는 처음으로 알게 되었다. 종이와 활자를 통해 접했던 내용이 저자의 말과 움직임을 통해 입체적으로 구현되는 걸 보는 건 확실히 다른 경험이었다."

곽아람 저자는 21년째 직장 생활을 하면서 한 번도 일하는 자세라든가, 리더십에 대한 체계적인 강연을 들어본 적이 없었다고 한다. 그런 건 일하면서 도제식으로 배우거나 친한 선배들에게 듣는 조언으로 생각했기에 강연을 통해 그 깨달음을 얻을 수 있다고 여기지 않았다고 했다. 그런데 북토크 진행을 통해 왜 젊은 여성들이 '헤이조이스' 같은 프로그램에 열광하는지 알게 되었고, 대담자로 왔지만 강연의 청중으로서 자극이 되는 시간이었다고 회상했다. 그 부분에서 환호성을 지를 뻔했다. '맞아요, 작가님! 제 마음이 딱 그 마음이에요. 그런 성장이 절로 일어나서 북토커로 살고 있고 더 많은 사람들이 북토크를 경험해보면 좋겠어요!' 작가님과 내적 하이파이브를 하던 순간이었다.

반가운 동포를 만난 듯 곽아람 저자와 어깨동무 하는 상상을 하며 슬며시 예감해본다. 언젠가 북토크 현장에 진행자로 서 있을 저자의 모습과 때로는 독자의 자리에 앉아 있을 모습까지 넌지시 그려본다.

이런 예감에는 나름의 이유가 있다. 한 번 왔던 사람이 또 북토크에 오는 경우를 많이 보았기 때문이다. 『제주에 왔고, 제주에 살아요』 공동 저자인 이윤영 작가가 특히 그랬다. 북토크 개근상을 만들어서라도 주고 싶었을 만큼 그녀는 대부분의 북토크에 참여해 주었다. 어느 날 그 이유를 물어보자 그녀는 심플하게 답했다.

"기적의 북토크니까!"

기적. 내 활동 이름을 딴 북토크이기도 하지만 실제로 북토크에 오면 소소한 기적이 제법 일어났다. 이윤영 작가처럼 북토크에 오고 또 와주었던 사람들이 말했다. 북토크에 계속 왔던 첫 번째 이유는 내가 선택한 책이 좋아서였다고. 늘 책을 완독하지 않고 '선참석, 후 독서'를 이어갔는데 이 방법은 책 고르는 실패와 수고를 덜어 주었고, 흥미로운 책을 알게 되어서 바쁜 일상에 독서를 지속할 수 있는 비결이었다고 말했다.

그런데 그밖에 그녀를 비롯한 참가자들이 북토크에서 건져 올린 기적이 제법 묵직했다. 책 한 권 완독이 어렵던 누군가는 북토크에 오는 일이 책을 재미있게 읽을 수 있는 독서법 중 하나였고, 누군가는 큰 기대 없이 왔다가 긍정적이고 즐거운 지적 자극을 지속적으로 받아 결국 작가가 되었다고 말했다.

그 두 가지 모두 나에게도 생긴 작은 기적이었다. 북토크 진행자가 되기 전의 나도 한 권의 책을 끝까지 읽는데 오랜 시간이 걸렸는데, 북토크를 앞두고 책을 읽자 책에 훨씬 몰입하게 되었다. 그렇게 완독하는 책이 늘어가는 동안 독서의 재미에 쏙 빠져들었으며 현재는 서평 쓰는 일을 즐기게 되었다. 또한 나와 닮은 배경을 지닌 작가를 북토크를 통해 만나게 되었을 때, 예를 들면 나랑 비슷한 엄마가 책을 내고 그 책의 북토크를 진행하면 왠지 나에게도 그 엄마 작가와 같은 가능성을 발견한 느낌이 들어 심장이 쿵쾅거렸다.

쉰 살에 글쓰기를 시작했다는 『오드리 헵번이 하는 말』의 김재용 저자, 아이가 깨기 전 새벽에 일어나 글을 썼다는 『그럼에도 웃는 엄마』의 이윤정 저자와 『엄마에겐 오프 스위치가 필요해』의 이혜선 저자, 아이 곁에서 일을 하고 싶어 번역가가 되었다는 『결혼에도 휴가가 필요해서』의 임현경 저자 등 작가이면서 엄마인 다수의 저자와 북토크를 진행할 때마다 심장이 두근거렸다. 나도 지금부터 시작할 수 있지 않을까? 지금 시작해도 쉰 살 전에 책 한 권쯤은 낼 수 있지 않을까? 하는 용기와 다짐이 내 안에 깊이 뿌리내렸다.

그렇게 긍정적이고 즐거운 지적 자극을 주는 작가를 지속적으로 만나고 교류할수록 처음에는 범접할 수 없던 작가라는 세상의 문이 조금씩 열리는 듯했다. 열린 문틈 사이로 들여다본 세상이 차츰 익숙해지자 자연스레 독립출판으로 두 권의 책을 낸 작가가 되었다. 나뿐만이 아니었다. 북토크에서 자주 만났던 사람들이 작가로, 강연자로, 서점과 공간 운영자로 계속해서 변화하고 성장하며 각자의 기적을 이루는 모습을 볼 때마다 더욱 실감한다. 북토크는 분명 평범한 기적이 열리는 작은 세계라는 것. 누군가에는 그저 한번의 북토크겠지만 누군가에게는 기적의 시작이 되고, 기적의 증거가 된다. 그랬기에 더 많은 사람에게 기적이 열렸으면 좋겠다. 열면 열수록 용감해지고, 하면 할수록 현실이 되는 북토크의 기적이!

"출판사 대표인가요? 또는 서점을 운영하나요?"

북토크 장소를 섭외할 때 자주 듣는 질문이다. 아직은 둘 다 아니라고 대답한다. 연이어 질문이 이어진다.

"출판사나 서점을 운영하는 것도 아닌데 왜 북토크를 하나요?"

좋은 질문이란 즉시 답할 수 없는 질문이다. 질문을 한 사람은 기억 못 하겠지만 오랜 시간 이 질문이 내 곁에 머물렀다. 북토크를 여는 이유에 대해 바로 답할 수 없는 시간이었고, 때로는 기쁨, 때로는 애씀으로 지속해온 시간이었다. 아이와 나, 둘 다 잘 키우고 싶은 나라는 사람의 존재를 이해하고 증명하기 위해 묵묵히 버텨온 시간이기도 했다.

서점 또는 1인 출판사 운영자는 아니지만 북토크를 지속하는 이유 중 하나는 바로 이것이다. 주목받고 싶었고 보여주고 싶었다. 나는 나를 주목해주고 싶었고, 누구보다 나에게 나의 능력을 보여주고 싶었다. 아이를 키우는 엄마라면 모두 경험해보았을 시기, '힘들지?'라는 물음에 나도 모르게 눈물이 먼저 답하던 시기. 그 눈물의 이유를 알고 싶어서 북토크를 이어갔다. 그랬기에 북토크를 여는 이유를 물으면 그 긴 시간에 대해 말을 해야 하는데 나는 과연 어디서부터 어디까지 답해줄 수 있을까.

아이를 키우는 일은 분명 새로운 행복과 기쁨이 가득한 일이지만, 때로는 분명하고 때로는 뜻 모를 억울함으로 울었다. 나로 살던 삶에 아이를 동반했을 뿐인데 예전 나의 모습을 지우고 사는 것을 당연히 여겼다. 스스로 나를 지운 일도 슬펐지만, 세상이 나를 지우는 일도 아팠다. 엄마가 되어 새롭게 익히는 일은 전보다 훨씬 많은데 '엄마니까' 또는 '엄마라면'이라는 말로 그 애씀이 부연 없이 설명될 때, 앞으로도 그 삶을 지속해야 하는 사람에게는 선명한 아쉬움이 남았다.

아쉬움을 지닌 채로는 행복한 엄마가 될 리 없었다. 그래서 나는 나를 주목하기로 했다. 한 달에 한 번 북토크를 진행하는 날, 계절이 바뀌어도 계속 같은 자리에 걸려있던 원피스를 꺼내 입었고 아껴왔던 귀걸이의 먼지를 닦아 귀에 걸었다. 아기 띠 속에 안겨있던 아이가 반짝이는 눈빛으로 귀걸이와 나를 번갈아 바라볼 때, 아이를 동반하는 삶도 얼마든지 반짝일 수 있다는 것을 알려주고 싶었다. 눈물만 흐르던 시기, 그 시절 내가 가장 두려웠던 건 제자리에 머무르는 일이었다. 아무 일도 하지 않은 채, 아무 노력도 하지 않은 채 지금의 모습으로 계속 머무를까 봐. 그랬기에 지금의 나를 주목하며, 별거 아닌 능력을 스스로에게 보여주며 여전히 존재하던 내 안의 나를 확인하고 싶었다.

'최인아 책방'의 책방 마님이자, 오랜 시간 광고계에서 자신을 훌륭하게 브랜딩 해온 최인아 저자도 말한다. 브랜딩은 어찌 보면 스스로를 존중하는 것, 그리고 다른 사람의 존중을 얻어내는 것이라고. 타인의 존중 또는 인정을 얻어내기 위해 나에게 필요했던 것은 나 스스로를 증명하는 일이었다. 그 증명이 있어야만 나는 당당한 마음으로 나아갈 수 있었다.

그렇게 나를 위해 이어간 북토크에서 만나 오래도록 인연을 이어가고 있는 동생은 말한다. "언니! 언니는 늘 나에게 독립투사 같아!" 그런 동생에게 답을 한다. "우리끼리 여기서 이래봤자 아무 소용 없어. 집 밖에 나가면 여전히 억울한 일 투성이야."라고. 실은 괜한 부끄러움에 한 대답이었지만 사실 그녀가 응원해 주는 모든 말에서 힘찬 기운을 얻는다. 마음 깊은 곳에 단단하고 섬세하게 깃든 그 기운은 용기가 되고, 내가 하는 일의 씨앗이 된다.

예전의 나는 다시 일을 시작하기 위해 무언가 뛰어난 능력을 갖

취야 하는 줄 알았다. 그래서 아직은 때가 아니야. 지금은 준비가 덜 됐다고 생각하며 꽤 매력적인 제안을 받았을 때도 시작하지 못하고 주저하기 일쑤였다. 그러나 **한 차례, 한 차례 북토크를 이어온 지금의 나는 다르다. 어떤 순간이 왔을 때 그것이 나에게 기회가 될지 아닐지 모르는 채로 시작해보는 용기. 할 수 있는 만큼만 발 디뎌 보는 용기. 그러다 아니면 깔끔하게 후퇴하는 용기가 주는 힘을 알게 되었다.** 미래의 내가 서점이나 출판사 또는 그 어떤 것을 운영하게 될지 현재는 미지수이지만, 출판사 혹은 서점을 운영하냐는 질문에 이제는 분명히 답할 수 있다.

"아니요. 저는 용기를 운영하는 중입니다." 라고.

인터넷 기사 검색 중 신인 배우의 열애설을 접했다. 배우 생활을 꿈꾸게 만든 선망하던 대배우와 사랑에 빠졌다는 소식이었다. 여유로운 마음으로 그 기사를 읽는다. 후훗. 성공한 덕후, 그게 바로 나니까. 제주시 지원으로 북토크를 열 기회가 생겼을 때 나의 롤모델, 오소희 작가를 정식으로 북토크에 모셨다. 북토커 인생 최초로 강연료는 물론 항공료를 포함한 교통비를 기분 좋게 집행했을 뿐만 아니라 바로 그날, 나는 저자로부터 청혼(?)을 받았다. 그러니까 내가 바로 성덕이라는 말씀.

덕후에게는 덕후만의 촉이 있다. 오전 10시 제주에서 진행되는 북토크였고, 수집한 정보에 의하면 저자는 늘 강연 한 시간 전에 도착하는 사람이었다. 김포 공항에서 최소 한 시간 거리에서 살고 있으니 아마 새벽같이 집을 나섰을 텐데 역시나 나의 촉은 정확했다. 이른 아침, 메시지를 받았다.

"민정아, 지금 탑승해. 제주 공항에 천천히 와주렴. 그런데 혹시 김밥 반 줄만 부탁해도 될까?"

"작가님, 안 그래도 식사 못 하실 것 같아서 고구마를 삶아 두었습니다."

"진짜, 너란 녀석 결혼하고 싶어진다."

"전 이미 품절인데다 판권마저 애 둘에게 넘어가서 으아! 무척 아쉽습니다!"

"아, 이 잔인한 세상의 법칙!"

큰아이가 배 속에 있을 때, 직장 동료에게 임신 축하 선물로 받았던 책이 바로 오소희 작가의 『엄마 내가 행복을 줄게』였다. 그 책을 만난 후, 엄마가 되는 일에 대한 막연한 설렘과 기대가 배 속 아이와 함께 자랐다. 아이를 낳고 키우며, 남들과 다르게 기관이 아닌 숲에서 한나절을 보내던 시절, 한글 대신 먹을 수 있는 풀과 열매를 익히고, 나무에 오르는 법을 배웠던 시절에 저자가 아들과 함께 다닌 오지 여행기를 읽고 또 읽었다. 오소희 작가가 보여준 모습에 오롯이 내 삶의 주파수를 맞추고 살았다.

삶의 분명한 기준을 지닌 사람의 이야기를 읽을 때 내가 바라는 삶의 모습도 분명해지는 법이다. 지향점이 명확해지자 삶의 재료가 되는 일상도 조금씩 빛나기 시작했다. 첫째가 여섯 살 무렵이 되자 주변에서 한글에 구구단은 기본이고, 수학, 논술, 코딩 수업을 시작할 때 과연 우리는 괜찮은 걸까? 가끔 불안했지만, '작가님의 아들도 놀고 있는데.'라고 생각하면 괜히 든든했다. 가고픈 길을 먼저 걷고 있는 이를 바라보며 좀 더 편안한 마음으로 아이가 학교 가기 전까지 함께 숲에서 마음껏 놀았다.

바라던 모습으로 아이의 유년 시절을 보낼 수 있었기에 언제라도 오소희 작가를 만나면 고맙다는 인사를 꼭 전하고 싶었다. 제주시와 행정안전부에서 지원하는 북토크를 제안받던 날 거침없이 그 기회를 잡았다. 순수 덕질에서 비롯된 북토크였는데 그 일을 계기로 뚜렷한 경력이 시작되었다. 북토크를 마친 후 한 달 뒤, 오소희 작가는 구상 중인 온라인 커뮤니티에서 운영진으로 활동하면 어떻겠냐고 제안했다. 여성들의 활동을 독려하고 사회적 연대를 돕는 커뮤니티였다. 마다할 이유가 없었다. 그렇게 네이버 카페 '언니 공동체'의 초대 운영진이 되어 콘셉트를 정하고 기반을 닦으며 전국의 여성들과 다양한 활동을 함께하기 시작했다.

일은 분주했지만, 한편으로 그 덕분에 일상에 생기가 돌았다. 매일 아침 늘어난 카페 회원 수를 확인하는 일이 즐거웠고, 같은 저자의 책을 좋아하는 공통점 덕분인지, 내가 새로운 기획을 내놓으면 기다렸다는 듯 물개박수로 환영해 주었다. 온라인 커뮤니티이

* 여성의 활동과 성장을 응원하는 온라인 자기 계발 커뮤니티
  https://cafe.naver.com/powerfulsisterhood

지만 실명제 운영을 고집했고, 회원들의 지속적인 활동과 수익화를 위해 달달마켓 운영을 제안했다. 코로나 시기에는 '생활 속 언공두기'를 기획했고, 그중 하나로 당시 신문물이던 유료 줌 계정을 등록해 회원 모두와 함께 공유했다. 그 결과 국내는 물론 해외 거주 중인 회원들과 함께 새벽 기상을 하고, 글을 쓰고 그림을 그렸을 뿐만 아니라, 기부 축제를 열어 발리의 고아원을 도왔다.

운영진으로 활동하는 동안 콧노래와 환호성 지를 일이 계속해서 일어났다. 현재는 6,000명이 넘는 회원이 함께하지만, 카페 개설 후 한 달 만에 회원 수가 1,000명을 돌파하였을 때 오소희 작가를 단독으로 인터뷰하게 되었다. 우후훗! 성덕이 되는 순간이었다. 그때 마침 작가의 『엄마의 20년』이 출간된 시점이었기에 묻고 싶은 질문이 가득했고, 총 7번 전화 인터뷰를 진행했다. 그뿐만이 아니었다. 인터뷰를 모아 책으로 만들자는 제안까지 받게 되었다. 책한 권 내보는 일이 소원이었던 나에게 첫 책이 '오소희 작가 인터뷰 모음집'이라니! 지금도 믿어지지 않는 이 일은 현실이 되었다. 과연 책이 팔릴까? 염려와는 다르게 펀딩으로 제작한 책 『나를 찾는 질문』은 독립출판물임에도 무려 2쇄를 찍는 기적을 경험할 수 있었다.

북토크를 열면 열수록 이렇게 다양한 작가와 특별한 우정을 나누는 기적이 늘어간다. 그랬기에 다시 열애설로 돌아가 보면, 후후! 그깟 열애설쯤이야. "나는 북토크로 작가님과 특별한 우정을 시작하게 되었고, 커뮤니티의 운영자가 되어 회의를 핑계로 수시로 작가님을 만났으며, 둘만의 1:1 전화 인터뷰는 물론 그 인터뷰를 모아 책도 냈다오!" 하며 여유롭게 그 열애설의 주인공을 바라본다.

책에서 비롯된 덕질이 주는 삶의 기쁨을 누구보다 만끽하는 중이라 언젠가 노벨 덕후상이 생기면 내심 자신 있다. 수상 후보로 지명되는 건 시간 문제라고. 이런 나의 기대, 충분히 이유 있지 않은가? 덕질로 삶이 풍요로워진 사람으로서 자신 있게 말해본다. 시작은 북토크였지만 그 끝은 무엇이 될지 알 수 없어서 더욱 흥미로운 북토크. 한번 해보지 않으시렵니까?

오소희 인터뷰 모음집, 『나를 찾는 질문』 책 소개 및 구입처

◆ ◆ ◆

좋아하는 일을 하면서 돈을 받는 게
왜 부끄러울까?

"언니 나 부끄러워."

　휴대폰 화면에 친한 동생의 이름이 떴다. 반가운 마음에 냉큼 전화를 받는데 대뜸 동생이 부끄러움을 고백했다.

"매달 '언니 공동체' 카페에 나만 판매 글을 올리는 것 같아서. 나 그게 너무 부끄러워."

　두 아이를 키우는 동안 본인이 하고픈 일을 찾아 씩씩하게 해오던 동생이었다. 돌쟁이 둘째를 돌보며 관련 자격증도 따고 1인 브랜드도 키우며 단단하게 한 발씩 나아가던 동생이 불현듯 약해진 마음을 털어놓는다. 알지, 그 마음 내가 잘 알지. 정성 들여 한 땀 한 땀 손수 만든 상품을 판매하는 일이 부끄럽기는커녕 스스로 자랑스러워해야 할 일임에도 나도 모르게 차오르던 감정. 그거 내가 진짜 잘 알지. 자기 일을 시작해본 사람이라면 아마 다 느껴봤을 그 부끄러움을.

그런 동생에게 말한다. 버티자고. 버티고 또 버티자고. 일명 존버 정신은 바로 이럴 때 써먹는 거라고. 판매 글을 올린 후에는 눈 딱 감고 좋아하는 영화 한 편 보거나 정신 못 차리게 만드는 맵고 뜨거운 떡볶이 한 그릇을 호호 불어가며 먹어보자고. 판매 글은 절대 내리지 말고 존엄하게 버티면서 내가 만든 물건의 가치를 알아봐 주는 사람을 기다려 보자고. **힘들게 찾은 내 자리, 부끄러움 따위에 빼앗기지 말라고.**

동생에게 하는 말이지만 나에게 하는 말이기도 하다. 내가 지속하는 일, 북토크. 그 일은 사실 수익구조 또는 비즈니스 모델이라고 부를 만한 것도 없는 일이었다. 저자 모심 비와 장소 대관료를 지불하면 나의 기획료는 말 그대로 0원이었고 때로는 내 돈을 부어가며 지속했다. 물론 돈을 벌기 위해 시작한 일은 아니었다. 그런데 북토크는 돈이 아닌 다른 것을 나에게 늘 가져다주었다. 북토크에 와주는 사람을 벌었고, 북토크 기획을 위해 두 번 세 번 책을 정독하고픈 의지를 벌었고, 그 과정을 통해 성장하고 변화하는 내 모습을 얻었다.

솔직히 돈을 안 받을 때 속이 더 편하기도 했다. 참가비를 먼저 말하는 일이 부끄러웠고, 또 참가비를 받으면 그에 상응하는 가치를 제공해야 함이 부담으로 다가왔기 때문이다. 그래서 참가비 중 일부를 기획료로 책정하는 대신 겉으로도 무척이나 '있어빌리티'한 '재능 기부'를 선택하며 북토크를 이어갔다. 사실 재능이라기보단 '시간 기부'였지만 말이다.

좋아하는 일을 하면서 돈을 받는 일이 왜 부끄러운 걸까? 무슨 억만금을 달라는 것도 아니고 참가비 일이만 원을 받는 일인데. 그 부끄러움을 버텨내지 못하고 그냥 내가 무료로 하고 말지. 하는 마음에 왜 자꾸 KO패를 당하는 걸까. 정의 내리지 못한 마음을 지닌 채 기획료 없이 일하던 어느 날, 북토크를 마친 오소희 작가가 목에 힘을 주며 말했다. 앞으로는 이렇게 기획료 없이 일하지 말라고. 천 원이라도 받아야 한다고. 그럴 거 아니면 저자도 함께 재능 기부하는 판을 짜는 게 맞다고. 앞으로는 절대 지금처럼 일하지 말라고.

그런 말을 해준 사람은 처음이었다. 그 이야기 속에는 너무도 분명한 진심과 애써 외면해온 상식이 담겨있었다. 그 후로 북토크 참가비에 기획료를 책정하기 시작했다. 그러자 발등에 불이 떨어졌다. 그 불을 끄기 위해 동분서주했다. 돈이란 그런 것이었다. 나를 긴장하게 하는 것, 나를 더 분주하게 만드는 것. 북토크에 와주는 독자의 기대에 부응하기 위해 한 번 더 큐시트를 체크했고, 북토크 현장 곳곳을 점검했다. 공간 운영자와 약속한 매출이 지켜지도록 더 참신한 홍보방안을 짜냈고, 낮은 강연료를 줄 수밖에 없는 저자에게는 타 북토크와는 다른 좀 더 특별한 독자와의 만남이 되도록 북토크 전은 물론 후에도 분주히 챙겼다. 그 뜀박질이 나를 성장시켜 주었다. 엄마들 몇몇 모아서 어쩌다 취미로 하는 책 모임이 아닌 전문 북토커로서의 성장에 그 분주함이 있었다. 돈이란 바로 그런 것이었다.

그랬기에 한 번 더 동생에게 힘주어 말했다. 나와 잘 맞는 일을 찾았다면 이제는 배포를 키우면 된다고. 너만 그런 게 아니고 나도 그랬다고. 처음 북토크를 진행할 때, 떨렸던 목소리와 귀 끝까지 빨개지던 얼굴. 내 얼굴이 얼마나 빨간지 내가 더 잘 알아서 더 부끄러웠던 마음. 그러나 한두 번 북토크를 이어가는 동안 더 이상 떨리지 않게 된 시간을 떠올리며 말해준다. 그 수많은 반복 중에는 떨리는 마음을 다스리는 일도 포함되기에 멈추지 말고 계속해 보자고.

그 시간을 관통하는 동안 나는 이렇게 변했다. "저는 이런 사람입니다. 이런 방식의 북토크를 기획하고 진행할 수 있는 사람이에요. 어때요? 저와 같이 일해보실래요?" 다정하면서도 당당하게 말을 건넬 줄 아는 내가 되었다. 버티는 동안 함께 자란 배포 덕분이다. 그렇기에 나의 일을 시작한 모든 이들이 이 지점까지 꼭 왔으면 좋겠다. 이 지점까지 오는 데 성공하면 재능 기부 혹은 시간 기부에 관한 보상은 자연스레 주어진다. 내가 해온 노력이 수익으로 전환되는 시기가 오는 것이다.

그 버팀의 시간을 오롯이 내가 알면 된다. 어떤 준비를 했고 어떤 자세로 일했으며 어떤 마음으로 그 시간을 채우는지 알게 되면 그 시간에 대한 내 노력의 가치를 비용으로 말하는 일에 보다 당당해진다. 그러기 위해서 끊임없이 해봐야 한다. 그것만이 정답이다. 한 번 하고 또 한 번 해보기. 당장 최고가 되기보다 지금 최선을 다하기. **그럴듯한 일이 아니더라도 다소 무모해 보일지라도 그 일을 좋아하는 내 마음의 힘을 믿어보기. 그러다 보면 정직하게 채워진다. 내 노력에 대한 당당함과 내 시간에 대한 정당함이. 그러니 부디 멈추지 말고 버티기를 바란다.**

버텨야 할 때마다 책을 읽었다. 언제고 다시 생길지 모를 불안하고 부끄러운 마음이 나를 잠식하지 않도록 읽은 책들을 쌓아 올려 내 마음을 지켰다. 내 일을 당당하게 잘 해내고픈 마음으로 계속 읽었고, 소개하고 싶은 저자의 서사를 발견하거나 꼭 만나고픈 저자를 알게 되면 서슴없이 북토크를 제안했다. 그 어떤 일보다 북토크로 버는 돈 앞에서 떳떳해지고 싶었기에 때로는 버티면서 때로는 매콤한 떡볶이 한 사발을 앞에 두고 존버했다. 그러니까 동생아! 우리 존엄하게 버텨보자. 그 일을 좋아하는 내 마음의 힘을 믿으면서!

행복의 밑바탕

오늘 평온 신순화 작가와의 북토크를 끝으로 상반기에 예정되어 있던 북토크 일정이 모두 끝났다. 잠자리에 들기 전 오늘 있었던 일을 곰곰이 곱씹어 본다. 독자 한 명이 손 편지를 전해주었다. 북토크가 점점 풍성해지는 것 같아 좋다고. 소박한 마음이 작은 종이 안에 가득 담겨있었다. 또 한 친구는 수화기 너머 따뜻한 목소리로 말해주었다. 제주 사람들을 위해 좋은 자리를 마련해줘서 고맙다고. 오버스러운 인사에 살짝 오글거렸지만 솔직히 싫진 않았다.

자동 손사래를 유발하는 말 속에 담긴 마음이 까만 밤 아무도 모르게 나를 자꾸 웃게 만들었다. 오늘 북토크 현장이 절로 떠오른다. 지겨워서 몸을 배배 꼴지도 모를 초등학생 아이를 위해 테이블 위 무심한 듯 유심히 그림책을 올려두었다. 옳거니! 한 아이가 그림책을 들었다가 이내 쏙 빠져들어 읽는 모습에 은근 흐뭇했다. 오늘 처음 만난 일곱 살 꼬마는 엄마 곁에서 신순화 작가의 이야기를 듣던 중 갑자기 귀 옆으로 번쩍 손을 들며 말했다.

"저…. 방금 작가님이 말해준 『어떤 화장실이 좋아?』 그 책, 지금 읽어도 돼요?"

호기심 해결을 위해 강연을 중단시킨 아이의 기백에 모두가 웃었다. 책을 건네주고 다시 작가의 이야기에 집중하며, 공감하고, 웃고, 울었다. 그러다 몇몇 엄마들과 눈이 마주치면 사전에 약속이라도 한 듯 씽긋 눈인사를 주고받았다. 살짝 간질거렸지만, 그 순간 동그래지던 눈과 한껏 치솟던 눈썹 모양의 얼굴 표정이 잠자리에 누운 지금도 생생히 떠오른다.

내일을 예상할 수 없는 제주의 날씨는 내일 일정을 계획할지언정 확정은 할 수 없게 한다. 그래서 지금 할 수 있는 일에만 집중하게 만든다. 즉 오름에 가기 위해 만반의 준비를 마쳤어도 다음 날 아침 날씨가 안 좋으면 미뤄야 하고, 반대로 꼭 해야 하는 일이 있어도 날씨가 좋으면 그날은 열 일을 제치고 오름으로 가게 만든다. 내일도 날씨가 이렇게 좋을 거라는 보장이 결코 없기 때문이다. 매사 계획적으로 움직이는 걸 좋아하는 나지만 그날의 상황에 맞춰 사는 일도 꽤 괜찮다는 걸 제주에 살면서 경험 중이다.

육지에 살 때는 외려 많은 선택지가 있었고, 이게 나을까 저게 나을까 고민하다 결국 아무 일도 안 했던 사람이 나라서. 지금이 아니면 언제 할 수 있을지 모르니 당장 해볼 수 있는 일을 기꺼이 하게 만들어 주는 제주가 좋다. 딱 적당한 선택지 안에서 시도하고 연습하고 곱씹어 보는 경험을 쌓게 해주기 때문이다. 이래서 제주가 천혜 자연환경이라고 하는 건가? 육지에서는 결정장애로 살았던 나도 재빠른 판단을 내릴 수 있도록 변덕스러운 날씨가 도와주고 있으니.

올해 상반기에 예정된 북토크를 모두 마친 일도 그런 일이었다. 엄마로 사는 일상과 기획자가 되어보는 일상. 그 사이에서 상황에 맞게 할 수 있는 만큼 해보며 맞이한 시간이었다. 그 자리에 와준 엄마 독자들, 그 독자들을 만나러 비행기를 타고 와준 저자, 그리고 자주 일을 벌이는 내 곁에서 함께 수습해 주는 가족이 새삼 고마운 밤이었다. 다음 날 기상 알람을 맞추기 위해 핸드폰을 들었는데 어라? 메시지가 왔었네? 제주에서 만난 재미 교포, 정애 씨의 메시지였다. 서툰 맞춤법 안에 담긴 전혀 서툴지 않은 그녀의 마음을 읽는다.

"민정 씨, 오늘 강연 정말 재미있게 들었어요. 제 어휘력의 한계 때문에 모르는 부분도 있었지만, 작가님의 에피소드 하나하나를 들으면서, '당신 잘하고 있어, 당신이 믿고 해 온 것은 아이들에게 닿고 있으니까 걱정하지 말아!' 그렇게 응원해주시는 것처럼 느껴져 눈물이 났어요. 민정 씨, 저는 오늘 우리가 사는 사회에 대한 문제의식을 키우는 방법에 대한 팁을 얻을 수 있어서 다행이었어요. 부모님이 편찮으셔서 이곳 제주에 와있던 열 달 동안 사실 한국 사회에 대해 비판적으로 생각하게 되었어요. 그런데 북토크를 통해 작은 희망을 품게 되네요. 작가님과 같은 시점, 마음, 열정, 감성을 같이 할 수 있는 친구들이 여기에 있다는 것. 그것을 알게 된 것이 이제 미국으로 돌아가야 하는 저에게 큰 선물이자 숙제가 되었답니다. 가서 저도 민정 씨처럼 활동하고 싶어졌어요. 꾸준히 책을 읽고 좋은 책을 주변 사람들과 나누며 제 행복의 밑바탕을 다지는 일부터 시작할게요. 그리고 그 밑바탕을 조금씩 늘려볼게요. 열심히 할게요! 정말 고마워요!"

- 나우시카의 엄마, 정애 드림

문득 이영미 작가의 책 『마녀 체력』 속 한 구절이 떠올랐다. '사람은 여간해선 잘 변하지 않는다. 그러니 누군가에게 영향을 끼쳐 변하게 만든다는 것은 신의 역량과 맞먹을 정도로 근사한 일이다.' 어쩌면 나는 오늘 잠시지만 신의 영역에 닿았는지도 모르겠다. 왜냐하면 정애 씨의 메시지를 읽었을 때 내 기분은 그 어느 때보다 근사했기 때문이다. 정애 씨와는 삼양 바다에서 만나 두어 차례 놀았던 일이 전부라 어머니의 고향 제주에서 어떤 절망을 느끼고 어떤 비판적인 시선을 품게 되었는지 잘 모른다. 다만 분명한 건 우리는 오늘 북토크에서 만나 서로의 이야기에 경청하며 선명한 행복 안에 머물렀다는 것이다. 책을 읽을 때 우리는 저자의 이야기에 경청한다. 경청하기 위해 집중하고, 집중하다 보면 감응하게 되고, 감응하고 나면 묻고 싶어진다. 저자의 인생을 물으며 그 인생을 내 인생에 씨앗처럼 심어둔다.

책 한 권 혼자 읽기도 바쁜 세상, 저자와 독자가 만나 질문하고 답하는 일은 어쩌면 비효율적일지도 모른다. 그런데 때로는 이런 비효율적인 일이 우리 삶을 버티는 힘과 미래로 향하는 용기를 준다. 효율성은 떨어져도 내가 바라는 미래를 읽고 물으며 그 미래에 도달하는 분명하고도 확실한 방법이 된다. 이미 그 미래를 영위하고 있는 저자에게 물으면 그곳으로 향하는 길을 찾을 수 있기 때문이다. 그렇기에 감히 말하자면 북토크는 저자와 독자가 만나 함께 미래로 나아가는 방법이다.

마치 이인삼각을 하듯 각자 내민 발 하나씩 묶고, 으쌰으쌰 서로의 구령에 맞춰 함께 미래를 향해 내달리는 동안 이긴 사람이나 진 사람은 없지만, 이야기 나누며 우는 자와 웃는 자가 있다. **이렇다 할 결승점은 없지만 전보다 확실히 넓어진 행복의 밑바탕에 닿게 해주는 북토크.** 내가 이 일을 사랑하고 지속하는 이유이다.

그러나 이인삼각 달리기를 준비하는 나는 막 이타심이 넘쳐나는 사람은 아니라서, 아이를 맡길 곳이 없어서 내 방식대로 북토크를 열었다. 만나고 싶은 저자를 섭외하고 일정과 장소를 잡았는데, 그 자리에 꼭 필요한 존재가 있었다. 바로 정애 씨같이 북토크에 참여해 주는 독자가 있어야 비로소 나의 작당모의가 완벽해졌다. 그러니 고마워해야 하는 사람은 바로 나이지 정애 씨가 아니었다.

　그런데 북토크를 마친 후 서로가 서로에게 고맙다고 말하는 이 장면이 무척 인간적으로 느껴졌다. 신의 영역이었다면 그저 은총을 베풀어준 신에게 공손한 경배 한 번으로 끝나겠지만, 인간계의 전래동화 <의좋은 형제>처럼 고마움을 봇짐에 실어 옮겼다가 다시 되돌려 주는 장면과 같았다. 그러다 이내 달빛 아래 마주치면 서로 하얀 이를 드러내며 마주 웃을 우리들. 신이 아닌 우리는 어쩌면 수없이 이 장면을 반복하며 살아오지 않았을까. 모여서 울고 웃으며, 때로는 질문하고 답하며 먼 미래가 아닌 그날 하루 우리가 할 수 있는 일, 하고 싶은 일을 이어가며 살아오지 않았을까. 아마 그때 느낀 행복은 선명하고 분명해서 수많은 단어가 새로 만들어지고 사라졌어도 행복이라는 단어가 지금까지 우리 곁에 남아 있는지도 모르겠다는 생각을 한다. 모든 것을 다 가진 신의 영역이 아니라서, 하나씩 스스로 만들어가는 인간의 영역에서 행복과 이야기는 서로 의좋은 형제처럼 지금까지 그리고 앞으로도 오래 지속될 것을 예감한다. 상처를 치유하고, 불안을 다독이며, 행복의 밑바탕을 키워주는 이야기의 힘을 실감하기 때문이다.

　지끈지끈 머리가 아팠다. 갑자기 예정된 북토크를 어떤 식으로 홍보하면 좋을지 뾰족한 수가 떠오르지 않기 때문이다. 보통 한 달에 한 번만 북토크를 진행하는데, 급하게 북토크 일정을 더 잡았다. 꼭 북토크를 진행하고 싶은 저자의 책이 나왔기 때문이다. 누가 시켜서 하는 일도 아닌데, 출판을 위해 공들였을 저자의 입장을 누구보다 잘 알기에 이왕이면 책 출간 후 한 달 이내에 북토크를 하기 위해 용을 쓰는 중이다. 책 출간 후 한 달은 홍보에 열을 올려야 하는 정말 중요한 시기이기 때문이다.

　'책 구절 중 꿈 이야기를 주제로 북토크를 해볼까? 아니 그건 지난 북토크 때 저자와 했던 내용이니까 다시 생각해보자. 그래도 이 저자는 꿈 이야기를 나눌 때 가장 빛나고 독자들에게 울림을 주는데….'

이 생각 저 생각을 해봐도 뾰족한 수는 떠오르지 않고 머리만 점점 무거워진다. 그럴수록 자꾸 미루고 싶어진다. 이 일만 마저 하고 생각하자, 내일 다시 정해보자, 이러면서. 그런데 미루면 미룰수록 머리는 더욱 복잡해지고 마음은 조급해진다. 내가 하고 싶어서 하는 일인데 왜 이러고 있지? 하는 자괴감이 밀려오는 순간이다. 그런데 그때 느끼는 어려움을 면밀히 들여다보면 그 일을 하는 것 자체가 어려워서가 아니다. 잘하고 싶은 마음, 이왕 하는 일 완벽하게 해내고 싶은 그 마음이 자꾸 나를 괴롭히는 것이다.

사실 내가 준비하는 북토크는 세상 유일무이한 기획이나, 번뜩이는 아이디어로 승부를 보는 것이 아니다. 그런데도 자꾸 나 스스로 기대치를 높여두고, 그것을 채우지 못할까 봐 회피하고 결국 괴로워하는 일을 반복한다.

다행히 북토크는 혼자가 아닌 저자, 독자와 함께 여는 일이기에 더는 일정을 미룰 수 없는 때가 있다. 그때가 오면 진득하게 책상 앞에 앉게 되고 손에 펜을 꼭 쥔 채 빈 종이에 생각을 쏟아내기 시작한다. 지금 바로 시작할 수 있는 일을 하나하나 적어가며 일의 순서를 정한다. 일의 순서가 잡히면 그때부터는 마구 엉켜있던 실타래가 풀어지듯 나머지 일도 슬슬 풀어지기 시작한다. 생각보다 빠른 시간 안에 홍보 계획을 짜고 블로그와 인스타그램에 책의 서평을 올리고 북토크 공지글을 적는다. 곧 접수를 시작한다. 이 과정을 마치고 나면 '아니 이 일이 이렇게 금방 끝날 일이었나?' 하는 놀라움은 오롯이 나의 몫이 된다.

 일을 잘하는 것보다 일을 잘하고 싶은 마음을 넘어서는 일이 더
어려운 법이다. 그러나 그 마음을 무시하고 일단 시작하면 딱히 일
이 어렵지 않은 경우가 많다. 북토크를 진행했던 다수의 경험이 이
사실을 깨닫게 해주었다. 이 깨달음을 얻었을 때 사실 마음이 좀
설렜다. 마치 성장의 비결을 알게 된 느낌이었달까? 앞으로 어떤
일을 시작할 때 그 일을 잘하고 싶어서 자꾸 회피하려는 마음만 다
스리게 되면, 그래서 일단 일을 시작하고 나면 지금보다 분명 성장
할 수 있겠구나 하는 확신이 들었다.

 이 확신은 일의 시작을 앞두고 번뇌했던 수많은 순간이 만들어
준 확신이었고 그 마음 끝에 발견한 일을 마무리한 후 느낀 뿌듯함
이 알려준 확신이었다. 반대로 말하면 자꾸 미루고픈 마음이 들 때
도 계속 일을 지속하지 않았다면 얻지 못했을 깨달음이었다.

 그러니 이 책을 읽는 여러분도 완벽한 상황에서 완벽한 마음가
짐으로 시작하기보다는 일단 미흡하더라도 먼저 시작해보기를 추
천한다. 머릿속 기획을 세상 밖으로 끄집어내는 방법은 사실 별거
없다. 일명 '들이대 정신'으로 미루고픈 마음부터 이겨내는 거다.
누구나 완벽할 필요도 없고 완벽할 수도 없다는 걸 인정하며 한 발
한 발 나가보는 거다.

저자를 섭외하고 장소를 섭외하는 북토크는 내가 갖출 수 있는 정중함과 진솔함만 가지고도 시작할 수 있는 일이 분명하다. **일단 시작해보는 용기, 그 용기부터 하나씩 하나씩 만들 수 있는 세상이 무궁무진하다.** 책과 연결된 나의 일을 찾고, 그 일로 보람을 느끼고 싶다면 지금 시작해보면 어떨까? 아무 일도 하지 않으면 아무 일도 일어나지 않는다는 말을 이제 반대로 읽어보면 어떨까? '무엇이라도 시작하면 어떤 세상이라도 열린다.' 이렇게 말이다.

대학생 때의 일이다. 미국 알래스카의 한 캠프에서 삼 개월간 일할 기회가 있었다. 그때 마주한 놀라움 중 하나는 바로 질문을 좋아하는 미국인들의 모습이었다. 미국 전역에서 모인 내 또래 여자아이들의 질문 능력은 단연코 으뜸이었다. 회의를 주도하던 스태프가 "질문 있나요?"라는 말을 채 마치기도 전에 과반수가 손을 번쩍 들던 모습. 내 인생 최초의 문화적 충격이었다. 그 모습은 마치 이 타이밍에 질문이 없다면 회의에 참여하지 않은 것과 마찬가지인 상황이었다. 그 광경이 신기하면서 조금은 부러웠다. 그러나 더 신기한 점은 애들은 이렇게 궁금한 게 많은데 나는 딱히 궁금한 게 하나도 없다는 점이었다. 스스로에게 관대했던 나는 그저 언어적인 한계로 그렇다는 관용을 베풀며 그 경험을 애써 마무리 지었다.

그러나 제대로 마무리되지 못한 경험은 돌고 돌아 다시 돌아온다. 학생 딱지를 떼고 직장인이 된 나에게 질문하는 능력의 필요성이 또다시 대두되었다. 먼 미국 땅에서가 아니었다. 광화문 한복판에서도 문화적 충격은 이어졌다. 외국계 회사에서 또 한 번의 놀라움을 경험했는데 이번에는 조금 다른 신기함이었다. 외국인 동료가 물어보기 전에는 하나도 안 궁금했던 질문이지만 그 질문을 듣고 나면 무척 궁금해서 견딜 수가 없었다.

'아니, 얘네들은 어쩜 이렇게 시시콜콜한 질문을 잘하지?'

질문 잘하는 동료에게 샘이 났다. 그가 갖춘 질문력은 비단 업무 시간에만 영향력을 미치는 것이 아니었다. 회식이나 체육대회 등 친목을 다지는 자리에서 그 '질문력'이 있고 없음은 마치 사교계에서 매력이 있고 없음과 같았다. 영어를 더 잘하고 못하고는 논제 밖의 이야기일 뿐, 회식 자리에서 영어를 제일 잘하는 사람보다 더 듬거려도 매력이 넘치는 사람 곁에 앉고 싶은 게 보편적인 사람의 마음이었다. 처음 만났지만 어떤 주제에 대해서도 도란도란, 쑥덕쑥덕 재미있게 이야기를 나눌 줄 아는 사람. 촌스러운 호구조사 대신 사소한 질문부터 시작해서 점차 상대방의 생각, 라이프스타일, 문화적 취향을 파악할 수 있는 '질문력'을 갖춘 사람이 바로 매력 있는 사람이었다. 자연스레 깨달았다. 질문력! 그것이 인생에서 꼭 필요한 주요 기술 중 하나라는 것을.

그런 질문력이 내게도 급격히 진화되었다. 북토크를 하는 동안 질문력 제로였던 내가 점차 질문 중독자가 되어간 것이다. 북토크 시작 전 나의 위치는 기획자이지만 일단 북토크가 시작되면 사회자가 된다. 사회자의 역할을 쪼개보면 첫인사, 작가 소개, 책 이야기, Q&A 진행, 마무리 인사. 보통은 이런 흐름으로 진행되는데 그중 꽤 많은 시간이 할애되는 부분이 바로 Q&A였다.

질문력 제로인 사람이었기에 처음에는 나의 질문이 아닌 타인의 질문으로 북토크를 이어갔다. 이 책의 챕터 3에서 더 자세히 이야기하겠지만, 북토크를 접수할 때 참가자로부터 사전질문을 받은 후 그 질문을 대신 물어보는 것부터 북토크를 시작했다. 왜 그런 경우 있지 않은가. 내가 궁금한 건 잘 못 물어보지만 내 친구가 궁금해하는 건 나서서 잘 물어봐 주는 사람. 그런 사람이 바로 나였고 그 김에 내가 궁금한 것도 물어볼 수 있는 자리가 북토크 진행자의 자리였다.

그런데 질문을 대신 물어봐 주는 동안 질문에 대한 생각이 조금씩 변화되었다. 그중 하나는 질문에 대한 기대치를 낮추어도 괜찮다는 점이었다. 그동안 내가 질문을 마음껏 하지 못했던 이유는 '이딴 게 무슨 질문이라고' 여기는 마음 탓이었다. 질문조차도 잘하고 싶은 마음을 가지고 있는데 어찌 참신한 질문을 쉽게 떠올릴 수 있었을까? 그 마음이 호기심의 싹마저 잘라버렸기에 질문할 줄 모르는 채 어른이 되었다. 그런데 북토크 진행을 이어가는 동안 알게 되었다. '이렇게 사소한 질문을 드려서 죄송해요'라며 멋쩍은 웃음과 함께 사전질문 리스트를 저자에게 건네면 대부분의 작가가 말했다.

"민정 씨, 미안해하지 않아도 돼요. 사실 어느 강연에서든 독자들이 물어보는 질문은 비슷하거든요. 그러니 정말 미안해하지 않으셨음 좋겠어요."

처음에는 북토크 진행자인 나에게 강 같은 평화를 주기 위한 저자의 사려 깊은 말이라고 생각했다. 그런데 이와 비슷한 경험이 반복적으로 쌓이자 나의 사소한 질문이 나쁘지 않게 여겨졌다. 게다가 **사소한 질문은 나름 중요한 역할이 있었는데 일단은 그렇게 사소한 질문부터 시작해야 더 깊은 대화로 연결된다는 점이었다.**

실제로 독자들은 책의 내용만큼이나 흠모하는 저자의 시시콜콜한 일상을 매우 궁금해한다. 책 이야기만큼이나 일상에 대한 대답을 들을 때 저자와 부쩍 친밀감을 느낀다. 그 친밀감으로부터 더 깊은 질문을 떠올리게 되고, 나와 닮은 소소한 이야기에서 얻은 저자의 사유를 내 일상에 적용해볼 의지도 생긴다. 무엇보다 그 답을 통해 작가가 일상에서 소중히 여기는 것을 알게 된다. 작가라는 직업인으로서 살기 위해 우선순위로 두는 일과 그 외에 것은 과감하게 쳐내는 일, 그 기준을 보고 듣다 보면 절로 배우게 된다. 그럴 때 나와 함께 절로 고개를 끄덕이거나 메모하는 독자의 모습을 보면 그저 반갑다. 그렇기에 사소한 질문일수록 좋은 질문이라는 생각과 함께 질문 중독자가 되어갔다.

질문 중독자가 되어가는 여정 초기에 내 안에 또 다른 부끄러움이 있었다. 나의 질문이 아닌 대신 물어봐 주는 일을 부끄럽게 여기는 마음이었다. 북토크 진행자라면 무언가 유니크하면서 핵심을 콕 집어내는 멋진 질문을 할 수 있어야 할 텐데 고작 타인의 질문을 대신 전하는 것이 나의 한계 같았고 그것을 인지하는 순간이 참 싫었다. 아마 북토크 여는 일을 망설이는 사람이나 몇 번의 북토크를 진행해본 사람 중에는 그때의 나와 같은 감정을 가진 사람도 있을 것이다. 지금 그 사람에게 꼭 말해주고 싶다. 참가자의 질문을 대신 전하는 일이 부끄러운 일은 아니라고. 나 혼자 저자를 만나는 자리라면 개인적인 질문을 마구 던지겠지만 그날은 함께 만나 서로의 질문을 나누는 자리이고, 무엇보다 돈과 시간을 들여 그 자리에 와준 사람은 타인의 질문이 아닌 자신의 질문에 관한 분명한 답을 듣고 싶을 거라고.

실제로 자신의 질문이 채택되고 그에 대한 답을 들었을 때 그 참가자의 얼굴은 마치 오직 그 사람만을 위해 준비된 폭죽이 터진 듯, 놀람과 감탄으로 가득 채워지곤 했다. 그 순간을 생생히 바라볼 때, 새로운 발견과 깨달음이 참가자의 얼굴에 스며드는 듯할 때, 북토크 진행자로서 큰 보람을 느끼게 된다는 것을 꼭 이야기해주고 싶다.

게다가 한 가지 희망적인 것은 그렇게 대신 물어봐 주는 동안 질문력도 점차 상승한다는 점이다. 철없던 시절 답답할 때면 친구들과 삼삼오오 점집을 다녔다. 관상도 보고 사주도 보며 내 삶의 갈급한 질문을 처음 만난 사람에게 묻곤 했다. 사실 그때도 잘 묻지 못했다. 상대의 시간과 답변의 의무를 정당한 돈과 거래했음에도 우물쭈물했다. 그런 자리는 내가 집요하게 물어보는 만큼 많은 대답을 듣고 나오기 마련인데 상대방의 기세에 주눅이 들어 수동적인 자세로 내 인생을 물었다. 그들은 나의 우문에 현답을 주기도 하고 나의 현문에 우답을 주기도 했지만 같은 질문을 저자에게 던졌을 때는 확연히 달랐다. 내가 이루고픈 삶을 이루고 살아가는 저자의 삶에 관심을 두고 질문하자 현답을 들을 수 있는 확률은 단연코 점집보다 훨씬 높았다.

내가 책을 읽는 이유는 앞서 말했듯 딱 하나이다. 현재 내 삶을 변화시키는 것. 내가 선망하는 삶을 이룬 저자에게 관심을 갖고 질문하기 시작하자 동시에 내 삶에 관한 관심과 질문도 자연스레 나를 향했다. 책에서는 가능했는데 왜 내 삶에는 그게 안 되는 걸까? 지금 내 삶에서 무엇을 알고 무엇을 모르는 걸까? 정말 모르는 걸까? 외면하고 있는 걸까? 들여다보고 질문하는 일이 조금씩 자연스러워졌다. 그렇게 질문 중독자가 되어가며 어렴풋이 깨달았다. **세상에 아무리 멋진 삶과 좋은 책이 있어도 결국 내 삶은 내가 깊이 있게 읽고 물어야 한다는 것을.** 때로는 누군가 대신 물어줄 수도 있지만 정말 바꾸고 싶다면, 내 힘으로 변화를 일으키고 싶다면 나 스스로 질문을 찾고 물어야 한다는 것을 알게 되었다.

"그러니 이 책을 읽고 있는 여러분, 앞으로 어느 북토크에 가더라도 사전질문을 꼭 작성해 주세요. 사소한 질문 같아서 부끄러워하지 않아도 정말 괜찮답니다. 외려 더 부끄러운 건 아무것도 묻지 않는 지금의 내 모습일지도 몰라요. 그리고 무엇보다 내 삶이니까 타인이 아닌 내가 질문하는 게 더 맞더라고요. 그러므로 맘껏 질문할 수 있는 기회를 놓치지 마세요. 다른 곳이 아닌 북토크 자리에서만큼은 질문 중독자가 되어보시길 강권합니다. **내 삶의 가장 진실한 답은 가장 진실한 질문을 던진 사람의 것이니까요.**"

평범한데 특별한, 꿈 여행 학교

무슨 일로 바쁜지 뾰족하게 설명할 수 없지만 너무 바빠서 과로사할 것 같은 피로가 몰려오는 날이 있다. 왜 이렇게 바쁜 거지? 몸과 마음이 모두 붕 뜬 날, 꿈 지도를 펼친다. 바로 모치즈키 도시타카의 『보물지도』 책을 읽은 후 5년째 만들고 있는 나만의 꿈 지도를.

꿈, 꿈이란 무엇일까? 이 질문에 사람들은 각자의 답이 있다. 나에게 꿈이란 절실함과 설렘이다. 작가, 경제적 자립, 그리고 사랑하는 사람과 함께 조화롭게 사는 꿈. 내 뜻대로 흘러가지 않는 세상이지만 이 세 가지는 결코 놓치고 싶지 않고, 놓칠 수 없는 그 마음 자체가 바로 나의 꿈이다. 그런 절실함이 나를 움직이게 하고 집중하게 하며 북토크를 기획하는 국내 1호 북토커가 되겠다는 마음을 갖게 했다. 그러나 때때로 힘들다. 잘하고 있는 건가? 이 방법이 맞는 걸까? 멈추지 않는 질문이 나를 멈춤 없이 움직이게 만든다.

　최근 『외로움 수업』을 낸 김민식 작가는 북토크에서 말했다. '사람이 힘들 때는 세상과 불화할 때라고. 즉 내가 원하는 것을 세상이 주지 않을 때 사람은 힘든 법'이라고. 영업사원, 동시 통역사, 방송국 PD, MBC 노조 부위원장 등 여러 상황과 직업을 경험하며 때로는 세상 사람들에게 뭇매도 맞아본 그는 역시나 깊은 연륜으로 세상과 불화할 때 할 수 있는 일을 나눠주었다.

　"세상과 불화할 때는 세상을 이해하기 위한 노력이 필요합니다. 그런데 세상에는 너무나 많은 사람이 있어요. 그래서 세상을 이해하기 전, 나 자신을 먼저 알아야 합니다. 자기 탐색을 통한 자기 객관화가 꼭 필요한 이유입니다."

　자기 탐색과 객관화가 필요할 때 나에게 꼭 맞는 도구가 바로 꿈 지도 그리기였다. 절실하지만 한편으로는 설레게 하는 단어, 꿈. 꿈에 대해 미루지 않고 진지하게 생각해보았다. 오직 나만을 위한 꿈 지도를 그린 후 그 꿈이 진짜 꿈인지 그저 욕망에 휩싸인 가짜 꿈인지 탐색하는 시간을 가졌다. 그 여정 중 때로는 과로사할 것 같고, 때로는 이게 다 뭐 하는 짓인가 하는 의문이 들지만 그럴 때마다 꿈 지도를 펼쳤다. 그러고 나면 뜻 모를 분주함과 공허한 가슴에 설렘 한 조각이 채워졌다. '그래, 나 잘하고 있어. 지금 바로 첫 번째 꿈을 이루기 위해 바쁘게 살고 있는 거잖아.'라는 응원과 함께.

꿈 지도와 함께하는 일상을 블로그에 기록해오던 어느 날, '기록하면 기획이 된다'는 꿈 친구의 말을 실감하게 되었다. 우연한 기회에 남들 앞에서 내 꿈 지도를 발표하게 된 것이다.

덕분에 꿈이라는 단어가 품은 기백을 처음으로 발견하게 되었다. 안전한 타인 앞에서 나의 꿈을 발표하자 마치 내 영혼에 그 꿈이 각인되는 듯했고, 선명한 심상화가 그려지는 기분이었다. 무엇보다 그날 꿈 이야기를 나누던 내 모습이 좋았다. 나라는 사람을 설명해 주는 꿈, 가장 나다운 모습으로 살고픈 소망이 담긴 이야기를 할 때 강의실 조명이 나만 비추는 것 같았다. 진심 어린 눈빛과 마음으로 경청해주던 사람들이 나의 이야기를 듣고 박수 쳐 줄 때 마치 꿈을 다 이룬 후 축하받는 느낌마저 들었다. 그날 내 안에 세포가 생성되었다. 바로 꿈 이야기를 지속하고 싶은 세포가.

그 경험이 좋아서, 더 자주 경험하고 싶어서 북토크에 와주는 독자들과 꿈 토크를 이어갔다. 좋은 책을 소개하듯, 서로의 꿈 이야기를 나눌 때 가질 수 있는 깊은 대화의 경험을 소개하고 싶었다. 조금 무모한가 싶었지만, 좋았던 경험을 뒷배 삼아 함께 모여 꿈 지도 그리는 일을 시작했다.

역시나 꿈 이야기를 나눌 때 느끼는 감정은 비단 나만의 것이 아니었다. "다른 사람의 꿈 이야기가 이렇게 재미있는지 몰랐어요.", "꿈에서만 그치지 않고 꿈을 이루기 위해 실천할 확실한 동기가 생겼어요.", "저도 다른 사람 인생의 소비자가 아닌 내 인생의 생산자로 살고 싶어졌어요." 그 시간의 효용을 증명하는 후기들이 차근차근 쌓였다. 그 후로 지금까지 자신 있게 꿈 토크를 이어가고 있다. 어느덧 <평범한기적 꿈 토크> 14기를 진행한 지금은 서로의 꿈을 공유하고 응원하는 자기 계발 커뮤니티, <꿈 여행 학교>를 운영하는 중이다. 북토크에서 진행자와 참가자로 가끔 만나던 우리는 이제 서로를 꿈 친구라 부르며 나의 꿈과 친해지는 시간과 여정을 나눈다.

<꿈 여행 학교>에서 만난 우리의 꿈은 모두 다르다. 작가의 꿈, 수학 학원 원장의 꿈, 산티아고 순례길을 걷는 꿈, 자기 돌봄을 이어가는 꿈. 각자의 꿈은 다르지만 경험을 나눈다. 내 꿈과 연결된 독서 모임을 운영해본 경험, 경제 신문을 읽고 투자해본 경험, 숙소를 운영해본 경험 등 한 달에 한 번 모여 다채로운 경험을 나눈다. 경쟁과 비교 대신 경험과 영감을 나누는 자리. 그때마다 우리는 말한다. "내 꿈을 이야기하는 일이 이렇게 재미있을 줄이야.", "자꾸 이야기하니까 정말로 이루어지고 있어."라고.

우리는 어떻게 서로의 경험을 나눌 수 있었을까? 그건 바로 꿈 지도를 그린 삶이 지닌 이점 덕분이다. 꿈 지도를 그렸을 때 무엇

이 좋냐고 묻는다면 지난 5년간의 경험을 통해 확실히 말할 수 있다. 꿈 지도는 나를 만나게 한다. 꿈이 무엇인지 생각해보는 동안 지금의 내 모습을 진지하게 들여다보게 되고 그 시간을 통해 더 다정한 사람이 된다. 누구보다 나에게 다정한 사람이 되어 지금의 나를 힘차게 응원하게 한다.

꿈 지도를 그리기 전과 그린 후의 나는 확실히 변했다. 가고자 하는 목적지가 선명해졌기에 그곳을 향해 나아간다. 그러다 보면 이전에는 생각지도 못한 새로운 꿈, 인연, 그리고 기회를 만나게 된다. 뿐만 아니라 타인과 꿈을 나눌 때 그저 꿈이었던 바람이 세상과 연결되고 새로운 인연과 정보를 절로 얻게 된다.

책은 연속된 하나의 이야기이다. 여러 개의 글이 하나로 취합되기 때문인데 그 귀결성 덕분일까? 책을 읽고 지속해서 꿈 지도를 그리는 동안 나의 꿈은 물론, 꿈의 기반도 함께 커져갔다. 그 모습을 본 『엄마의 첫 SNS』를 쓴 곽진영 작가는 말했다.

"기적 님은 지금 북토크를 통해 영향력을 키워가는 중이에요. 본인의 책이 아닌 타인의 책을 통해서 말이에요."

뾰족하게 맞는 말이었다. 그걸 염두에 두고 시작한 건 아니었지만 어느새 나는 사람들을 모아 저자와 함께 북토크를 열고, 북토크에 참여한 독자들과 정기적으로 꿈 여행을 떠나는 건 물론 새벽 기상 모임 〈아름다운 새벽〉을 운영하며 나와 꿈이 닮은 이의 자기 계발을 돕는 코치로 살게 되었다. 만삭의 전업맘이었던 시절의 나와 다르게, 의무만 가득하던 일상과 다르게, '꿈'이라는 설레는 이야기를 사람들과 자주 나누는 동안 작은 일에도 박수 치며 설레고, 진한 연결의 기쁨을 느끼며 예전과는 확연히 다른 만족스러운 삶을 살고 있다. 게다가 독자의 아이들과도 종종 꿈 이야기를 나눌 수 있어서 일상이 더욱 재미있어지는 중이다.

사실 그 영향력(이라고 말하기 민망하지만, 그 무엇)은 내가 바라고 만든 것이 아니라서 언제든 거품처럼 사라질지 모른다. 콩나물시루에 쉬지 않고 물을 부어야만 콩나물이 쭉쭉 자라나듯 나의 시간과 에너지를 멈추지 않아야만 지속되는 것일지도 모른다. 그러나 내가 판을 짜고 그 판에서 맘껏 뛰어본 경험만큼은 오롯이 내 것이 된다. 맘껏 내달려 보기도 하고 가끔은 아이들을 현장에 초대하며 그 시간을 아낌없이 살아보는 중이다.

누군가에게는 평범한 일상이지만 나에게는 특별한 일상. 그 일상의 시작에 북토크가 있었다. 좋은 책을 만났을 때, 남다른 경험과 재미있는 서사를 지닌 작가를 알게 될 때마다 설레는 기분이었다. 그 설렘에 성실히 답하며 앞으로도 북토커이자 꿈 토커로 살아갈 것이다. 내 꿈을 과소평가하지 않고, 타인의 꿈 이야기를 들으며 초라해하지도 않고. 서로 꿈을 나누며 우리는 '각자이지만 함께 살아가고 있음을' 앞으로도 늘 깨닫고 싶다.

"사람들은 사진을 찍을 때면 멀리 있는 것을 찍기 위해 줌 렌즈를 쓰고, 가까이 있는 것을 찍기 위해 광각 렌즈를 사용해. 그런데 본인들의 미래에 관해서는 줌이나 광각은커녕 아예 사진 찍을 생각조차 안 하지. 디저트 사진은 열심히 찍으면서 자신의 꿈에 대한 사진은 안 찍는다? 그러면서 성공과 부를 원하는 것은 욕심일 뿐이야."

"그러면 어떻게 해야 하죠?"

"내가 배우고 있는 것, 배우고 싶은 것, 할 수 있는 것, 잘할 수 있는 것, 하고 싶은 것들을 자세히 살펴봐야 해. 그리고 함께하고 싶은 사람, 나에게는 없는 것이 있는 사람이 같이 자신의 주변도 두루 관찰해야 하지. 줌인으로 면밀히 들여다보기도 하고, 줌아웃으로 멀리서 보기도 한다면 미래를 걸어볼 만한 뜨거운 무언가를 찾을 수 있어."

-송희구, 『나의 돈 많은 고등학교 친구』 중에서

"기적 님은 언제 책을 읽나요?"

전문 북토커로 활동하게 된 후 많이 듣는 질문이다. 저자 발굴을 위해 매일 책을 읽었고, 블로그에 1일 1 서평을 올렸다. 휴가 중에 제주는 물론 육지 곳곳의 책방과 도서관을 다니며 책 읽기 좋은 곳을 블로그와 인스타그램에 소개한다. 때로는 북토크 진행 영상을 편집해 유튜브에 올리기도 하고 두 아이와 제주 일상을 인스타그램에 공유한다. 이렇게 바빠 보이는 일상 중에 과연 언제 책을 읽는지 묻는 것이다.

책을 읽기 위해 최선을 다하는 일이 있다. 매일 저녁 8시 알람이 울리면, 그날 해야 하는 일을 서둘러 정리한다. 지금부터는 책을 읽기 위해 최선을 다하는 시간, 바로 두 아이와 함께 일찍 잘 준비를 할 시간이다. 양육의 경험이 있는 사람은 알 것이다. 저녁 8시. 이 시간이 얼마나 높은 인내와 참을성이 필요한지. 다그침 대신 만족감으로 두 아이는 물론 나 역시 잠들기 위해 혼신의 노력을 기울인다. 최대한 나긋나긋하게 잠자리 독서와 치실 양치를 하고 해도 해도 부족한 스킨십과 잠자리 대화를 마친 후, 아이들과 함께 밤 10시 전에 눈을 감는다.

『쓰려고 읽습니다』의 이정훈 저자는 말한다. '기획 없이 기회 없다'고. 나는 이 말을 이렇게 읽는다. '기상 없이 기회 없다'고. 아직 돌봄이 필요한 두 아이와 일상 중 나의 일을 기획하고 실행하기 위해서는 '일할' 시간이 필요하고 새벽 기상을 통해 그 시간을 확보한다.

아이들과 밤 10시에 함께 잠들면 적정 수면 시간인 7시간을 푹자고 일어나도 새벽 5시가 된다. 때로는 4시 반 무렵 눈이 떠지는데 그때가 바로 나의 꿈과 친해지는 시간이다. 새벽 5시부터 7시까지, 북토크 기획과 꿈 여행 학교 운영 준비를 한다. 북토크가 없는 날에는 독서를 한다. 독서를 하다 보면 오늘 얻은 영감을 기록하고 싶어지는데, 그날 읽은 책의 서평을 블로그에 적은 후 예약 발행 버튼을 누른다. 뿌듯한 마음으로 아이들과 함께 먹을 아침을 한 후 아이들을 깨운다. 이 일상을 반복한 결과 운영 중인 도서 블로그가 전보다 상위 노출되기 시작하였고 좋은 책을 읽고 소개하는 일을 아이를 키우는 일상 속에서 함께 키울 수 있었다.

누군가에게는 식상한 이야기일지도 모르겠다. 한때 '미라클 모닝'이라는 이름으로 유행했던 새벽 기상의 효용성에 관해 말하면 '응. 그거 알아. 들어봤어.'라고 답할지도 모른다. 그러나 들어본 것과 알아보는 것은 다르고, 알기만 하는 것과 직접 해본 것은 확연히 다르다. 그 차이점은 매일 2시간씩 탁월성을 추구해본 사람과 그렇지 않은 사람의 차이이다. 아무 방해도 받지 않는 나만의 시간, 내가 바라는 삶의 방향에 닿기 위해 독서, 쓰기, 운동, 그 무엇이든 꾸준히 시도해본 사람과 그것이 좋은 걸 알면서도 안 해본 사람과는 도저히 같을 수가 없다. 지금은 비록 그 차이가 눈에 보이지 않지만 과연 앞으로도 그 차이가 보이지 않을까? 새벽 기상 모임 <아름다운 새벽>을 3년 6개월 동안 운영하면서 새벽 기상을 꾸준히 이어가는 사람과 그렇지 않은 사람의 차이를 분명히 볼 수 있었다. 새벽 기상을 시작하는 이유는 누구나 다르지만, 그 끝은 결국 바라는 삶으로 이어지는 것을 나는 꽤 자주 목격한다.

"기적 님은 어떤 마음으로 새벽 기상을 시작하게 되었어요?" 이 질문 받을 때 조금은 멈칫하는데 그 이유는 거창한 마음이 아닌 갈급한 마음으로 시작했기 때문이다.

돌이켜보면 새벽 기상을 본격적으로 시작하게 된 것도 북토크 덕분이었다. 2020년 5월, 원주 책방 '코이노니아'로부터 북토크 제안을 받았다. 여성들의 자기 계발 커뮤니티 '언니 공농체'에서 펀딩을 통해 출간한 나의 첫 책, 『나를 찾는 질문』의 북토크 제안을 받은 것이다. 그간 다른 저자의 북토크를 수없이 진행했지만, 내 책의 북토크 제안을 받은 것은 처음이었기에 잘하고 싶었다. 앞서 말했지만 흠모하는 오소희 작가와의 인터뷰 내용은 물론 책으로 엮는 과정을 통해 경험한 것을 독자들과 참신하게 나누고 싶었다. 그야말로 멋들어지게 북토크를 준비하고 싶었던 것이다. 그러나 그때 나는 7살 둘째를 가정 보육하며 숲 육아를 하던 중이었고, 10살 큰아이도 왕성한 활동성을 보이던 시기였다. 두 아이와 하루를 보내고 나면 고대해온 북토크를 준비할 시간도 에너지도 없었다. 심플하게 생각했다. 일찍 자고 일찍 일어나자. 혼자 하면 지지부진해질 테니 새벽 기상 모임을 시작해보자.

그렇게 북토크 준비를 위해 시작한 새벽 기상 모임 <아름다운 새벽>이 2023년 6월, 꽉 채운 3주년을 맞이했다. 그간 월 평균 30여 명의 아새인과 1,095일의 새벽 안부를 나누었다. 그 새벽 안부 덕분에 새벽 기상 후 다시 잠들지 않았다. 새벽 기상은 자발성이 있어야 가능한 활동이지만, 혼자가 아닌 함께할 때 습관이 되고 삶의 일부가 된다. 한 번쯤 해보고픈 일을 시도해볼 수 있는 시간이 되고, 내 꿈에 닿는 시간이 된다. 그렇게 뿌듯하게 새벽을 채운 후 남은 하루는 선물처럼 주어지는 시간이 되었고, 하고 싶은 일이 아닌 해야 하는 일도 가뿐한 마음으로 할 수 있었다.

그래도 말이 쉽지 새벽 기상을 어떻게 하냐고 묻는 사람들에게 또는 새벽 기상이 좋은 건 알지만 망설이는 사람들에게 좋은 책을 소개하듯 소개하고 싶다. 닿고 싶은 삶의 목적지가 있다면 새벽 기상을 꼭 경험해보라고. 처음에는 힘들지만 익숙해지면 일상의 기적을 만들어 주는 시간이라고. 새벽 기상을 시작하기 전 내가 과연 할 수 있을까? 어쩌다 한 번이 아니라 지속할 수 있을까? 두려움을 느낀다면, 그 두려움을 특별함으로 바꾸면 된다. 두려움은 늘 특별함 곁에 머무는 법이기에 두려움을 느낄 때 나는 더욱 특별해지는 중이라고 생각해보면 어떨까?

평생 새벽 기상을 하자는 말이 아니다. 거창한 목적이 아닌 소소한 마음으로 시작해도 충분하다. 바쁜 일상 중 책을 읽고 싶다면, 책을 읽으며 전과는 조금 다르게 살고 싶다면, 딱 1년만 해보기를 권한다. 새벽 기상을 하는 동안 분명히 알게 된다. 해야 하는 일이 아닌 하고 싶은 일을 먼저 끝낸 후 맞이하는 하루가 얼마나 개운한지. 나의 하루를 내가 주도적으로 살아가는 느낌이 얼마나 짜릿한지. 어쩌다 하루가 아닌 자주 그 기분을 느낄 때 삶이 얼마나 즐거워지는지. 그런 기회를 갖고 싶다면 손 내밀며 말하고 싶다. 기상 없이 기회 없다고, 새벽과 함께 기회를 잡아보자고!

✦ ✦ ✦

아름다운 새벽의 기운을 느끼고 싶다면, 함께해요!
자발적 새벽 기상 공동체, 〈아름다운 새벽〉

책으로 만난 사이

『최재천의 공부』 공동 저자 안희경 작가와 북토크를 마치고 쓰러지듯 잠이 들었다. 푹 자고 일어난 아침, 이불 속에 누워 여유를 부려본다. 어제 북토크에서의 여운이 계속 이어진다. 기분이 묘하다. 뭐랄까. 내가 진짜로 살아있구나 하는 이 기분. 단 두 시간의 북토크를 마치고 어제와 같은 자리에 누워있지만 내 삶이 좀 더 선명해진 느낌이다. 온전히 나로 살고 있는 이 느낌, 참 좋다.

어제 북토크는 평소와 다르게 진행된 북토크였다. 보통 한 달 정도 여유를 두고 작가 섭외와 홍보를 전개하고 무엇보다 두 번 세 번 꼼꼼히 책을 읽으며 준비하지만, 어제는 그 모든 것이 단 하루만에 진행되었다. 이틀 전 우연히 작가를 만났고 그다음 날 북토크를 열었던 그야말로 '번개 북토크'였다. 아무리 번개라도 할 일은 해야지. 저자에게 사전질문을 전달하기 위해 당일 아침 연락을 드렸다. 그런데 더없이 쿨한 저자는 이렇게 답했다.

"민정 씨, 저한테 뭐 미리 보내주지 마세요. 민정 씨도 뭐 하지 말고요. 우리 그냥 편하게 가요!"

어머 작가님 최고! 북토크를 준비하며 처음으로 진한 해방감을 느꼈다. 긴장으로부터의 해방이었고, 저자와 독자 모두에게 깊은 여운이 남는 사람이 되겠다는 욕심으로부터의 해방이기도 했다. 온라인과 오프라인 동시 진행으로 50여 명의 참가자를 만날 예정이었지만 늘 준비하던 오프닝 PPT조차 준비하지 않았다. 북토크 전에는 보통 혼자 시간을 보내지만, 어제는 행주를 깨끗이 빨아 식탁을 닦았다. 우리 집에서 가장 큰 냄비를 글 친구이자, 함께 북토크를 한 『그림책으로 만난 어린이 세계』의 강영아 저자에게 쥐여주며 고사리 해장국 포장을 부탁했다. 냄비를 들고 오는 동안 혹여 해장국이 넘칠까 봐 조마조마했다는 친구의 '냄비 포장담'을 들으며 안희경 작가는 물론 안희경 작가를 연결해준 조한혜정 선생님과 후루룩 후루룩 해장국을 들이켰다. 식사와 디저트까지 살뜰히 챙겨 먹고 진행한 내 인생 최초의 북토크였다. 번개니까, 번개답게 즐기면 되는 일이었다.

모범생 기질이 다분한 나는 북토크가 시작되기 전 준비한 것을 점검하고 또 점검한다. 아무 준비를 하지 않는 그 시간을 견디지 못하는데 가끔은 내가 정해둔 틀 안에서 쳇바퀴 도는 느낌이 들기도 한다. 그런데 다양한 스타일의 저자와 북토크를 하며 그나마 그틀을 깨는 경험을 한다. 쓸데없던 걱정과 완벽을 향한 욕심은 물론, 세상 진지한 사람으로 만드는 예의를 살짝 내려놓아도 '괜찮다'는 것을 겪어본다. 이게 맞을까? 혹시 저거 아닐까? 머릿속 가득했던 궁리를 직접 해보며, 더욱 선명해진 생각으로 다음 할 일을 정하는 동안 보다 온전한 내가 되어가는 것 같다. **그러면서 알게되었다. 나답게 사는 방법은 뾰족한 답을 단번에 찾는 게 아니라 나에게 정답이 아닌 것을 지워가면 된다는 것을.**

이렇게 내 인생의 정답이 아닌 것을 지워가는 중이라 때로는 빈틈이 벌어지고 벌어진 틈새로 나라는 사람의 구멍이 여실히 드러난다. 참가자를 최종 명단에서 빼먹기도 하고, 받은 돈을 냅다 돌려주기도 하고, 저자에게 오는 길을 잘못 가르쳐준 적도 있었다. 그런데 너무나 고맙게도 그 빈틈을 견고하게 막아주는 존재가 있다. 북토크에 참여해 주는 사람들이다. 나는 그들 때문에 긴장한다고 말하지만 어쩌면 대단한 착각이었는지도 모른다. 북토크 진행 중 내 실수를 막아주는 그들의 모습을 보면 그들이 애초에 나에게 기대한 건 완벽함이 아니었다는 걸 자주 느끼기 때문이다.

각자의 삶을 잘 살기 위해 책을 읽고 북토크에 모이는 우리지만, 이렇게 만난 사람들끼리 서로의 빈 곳을 채워준다. 누군가는 좋은 질문을 해주고, 누군가는 자신의 공간을 내어준다. 또 누군가는 바쁜 사람을 위해 출렁이는 냄비에 온 정신을 집중해 음식을 포장해

오며 시작 전 긴장을 함께 풀어준다. 각자의 모습으로 서로의 빈 구석을 견고하게 채워주고픈 다정한 마음으로.

어쩌다 이렇게 멋진 사람들과 함께하는 걸까. 어쩌다 이렇게 호혜적인 사람들을 만나게 된 걸까. 매번 북토크를 마무리할 때마다 절로 떠오르는 물음표 앞에 갸우뚱하지만 결국 그 시작이 책이었다는 사실에 안도한다. 많고 많은 책 중 같은 저자의 책을 골랐다는 건 저자와 닮은 삶을 고른 것과 같아서, 비슷한 삶의 방향을 바라보는 동지를 가장 쉽게 찾는 방법이었다. 현실이 답답해 책으로 도망쳤는데 그 속에 귀한 인연들이 기다리고 있었다.

지금 곁에 앉은 친구와 앞으로도 같은 책을 고르게 될지 알 수 없지만, 언젠가 한 번은 또 만나게 되지 않을까. 이 생각을 하면 마음이 놓인다. 롤모델 혹은 멘토처럼 멀리 있는 누군가가 아닌 곁에 앉아 삶을 나눌 수 있는 사이. 책 친구로 만나 서로의 빈틈을 기꺼이 메워주는 사람을 만날 수 있는 북토크라는 자리가 더욱 소중해지는 이유이다.

어제 북토크에서 안희경 저자는 공부에 관해 이렇게 정의했다. 우리가 공부하는 이유는 결국 삶을 잘 살기 위해서고, 공부를 제대로 하면 관계와 사는 품이 넓어진다고. 온 마음으로 동감했다. 얼마든지 혼자서도 읽을 수 있는 책이지만 함께 모여 읽고 이야기 나누니 관계와 품이 넓어져 갔다. 웃고 떠들며 이야기하는 동안 서로의 삶을 배웠고, 타인도 때로는 나와 같은 실수를 하며, 그렇기에 보다 너그러운 시선으로 내가 살고 있는 세상도 한결 이해하게 되었다.

　그 이유를 알기 때문일까. 안희경 저자는 말했다. 배우라고. 무엇을 하고 싶은지 악착같이 찾아내라고. 그러다 보면 내 길을 발견하게 되고 어느 날 갑자기 고속도로 같은 길이 내 눈앞에 보일　거라는 이야기에 오래도록 머물며 생각한다. 어쩌면 내가 악착같이 찾고 싶었던 것은 이런 사람들이었다는 것을. 혼자보다는 함께하는 게 좋아서, 함께할 때 같은 일도 더욱 즐겁게 할 수 있는 나라서 마음 결이 맞는 사람을 만나고 싶었고 그들이 있는 곳에 나를 데려다 두고 싶었다.

　마침내 영혼까지 웃게 해주는 존재들을 만나 새어 나오는 웃음과 불타는 의지력으로 작당모의를 하고 무수히 많은 시행착오를 경험하는 지금의 나는 내 삶을 사랑하게 되었다. 만삭에 경단녀가 되어 세상으로부터 홀로 떨어져 나왔던 내가 그토록 만나고 싶었던 이들과 함께 내가 머물고 싶던 세상에 마음껏 머물게 되었다. 그 일은 북토크를 통해 만난 세상 중 가장 멋진 세상이다. 그렇기에 시작은 북토크였지만 그 끝은 어디로 갈지 모르는 일들을 지금도 이어간다. 예전에는 그 끝을 알 수 없어서 불안했지만 지금은 다르다. 그 끝을 알 수 없어서 더욱 설레고 짜릿하다.

어제 번개 북토크에 와주었던 소중한 독자들에게 연락을 드린다. 어제 자리가 좋으셨다면 북토크 후기를 남겨달라고. 세계적 석학과 인터뷰를 하고 단정한 글로 대중과 소통하는 저널리스트 저자도 겪어온 '엄마로 사는 삶'에 관해 허물없이 이야기 나누는 자리가 엄마들에게 더 많이 필요하다고.

앞으로 작가와 열릴 북토크가 나의 진행이 아니라도 좋다. 아니 그러길 바란다. 이런 대화의 자리가 더욱 많아져서 북토크를 통해 나와 닮은 사람을 만나고 그들과 책과 일상을 공유하며 내 삶을 사랑하게 되기를 누구보다 바란다.

북토커의 일기 02

북토커가 된 이후 글쓰기, 꿈 지도 강연, 새벽 기상 모임 리더 등
많은 일을 하고 있지만, 북토크가 가장 나다운 활동이다.

북토크가 나의 업이 될 줄 모르고 시작한 후 지속해온 까닭이고,
뭔가를 보여줘야 하거나
많은 사람을 만족시켜야 하는 활동이 아닌
나와 엄마가 된 친구를 위해 했던 일이기 때문이다.

그렇기에 북토크를 할 때 가장 편안하고 가장 즐겁다.
좀 오그라드는 표현이지만, 나에게 북토크는 북극성 같다.

가장 어두울 때 반짝이며 방향을 알려주었기에
그때나 지금이나 북토크는 나의 가장 밝은 부분이다.

Chapter 3

북토크 시작하는 법

기획의 시작은 분노에서부터

앞서 말한 대로 아이와 함께 북토크에 가는 일의 불편함이 있었고, 그 일을 계기로 아이 동반 북토크를 시작하게 되었다. 그 시작에 한 친구가 있었는데 바로 하와이에서 온 퍼펫티어(puppeteer), Bonnie Kim이었다. 친구는 나에게 공연 리허설의 관객이 되어 달라고 했다. 한국에 와 있는 동안 갑작스런 공연 제의를 받았는데 여행 중이라 손이 굳었다며 관객 앞에서 연습이 필요하다고 했다.

다음 날 친구의 숙소에 놓인 소파에 앉았고 아이는 내 무릎에 앉아 공연을 관람했다. 친구가 직접 나무를 깎아 만든 인형들의 거칠면서도 섬세한 질감과 알록달록한 의상들. 인형들은 등 뒤에 달린 줄에 의지해 움직였지만 마치 살아있는 듯한 표정과 움직임이 단숨에 눈길을 사로잡았다. 역시 방학마다 전 세계를 여행하며 공연하는 예술가는 다른 거구나. 절로 감탄이 나왔다. 쉬지 않고 기어 다니던 15개월 무렵의 첫째 아이가 눈도 떼지 않고 관람했을 만큼 알찬 공연이었다. 그 자리에 나를 포함한 총 3명의 엄마와 3명의 아이가 있었다. 그 경험을 통해 알게 되었다. 이렇게 어린아이도 얼마든지 공연의 관객이 될 수 있고, 아이와 함께할 수 있는 일을 기획해 봐도 괜찮겠다는 것을. 그런데 반전이 있었다. 이렇게 멋진 공연을 무료로 한다는 사실이었다. 그 말을 듣자 순간 화가 났다. 학비가 대기업 연봉과 견준다는 국제학교에서의 공연이라길래 더욱 그랬다. 그때 나는 왜 그렇게 화가 났던 걸까? 돌이켜 보면 높은 퀄리티의 공연임에도 그 가치를 인정해주지 않았던 국제학교 행사 담당자에게 화가 났고, 좀 더 솔직히는 집에서 아이만 보고 있던 내 모습이 그 일에 투사되었던 것 같다.

 그러나 이미 기획 폭주 기관차가 되어버린 나는 결심했다. 분노에서 멈추지 않고 내가 할 수 있는 일을 해보기로. 공연 관람 중 너무 신난 아이가 손뼉을 치거나 소리를 질러도 눈치 보지 않아도 되는 인형극을 열어보기로. 소란스러움을 환영하는 인형극 소식에 엄마가 된 친구들이 환호해 주었다. 대부분 공연이 24개월 미만 아이들에게 무료지만 공연장 불만 꺼지면 울어버리는 섬세한 아이를 키우던 엄마들이 특히 환대했다. 공연 장소는 마침 사무실 이전을 앞두고 비어있던 남편 회사의 쇼룸 겸 카페의 아늑한 공간이었다. 책상과 의자를 한쪽으로 치우고 어린이 관객을 위해 돗자리를 깔았다. 두 개의 작은 테이블 위에서 친구는 〈호랑이와 곶감〉 손가락 인형극을 영어로 선보였다. 박수갈채로 공연이 마무리되고 친구에게 공연비를 건넸다. 학기 중에는 초등학교에서 미술을 가르치고, 방학 중에는 국제 퍼펫 페스티벌(Puppet Festival)에 초대받는 친구에게 턱도 없을 만큼 적은 공연비였지만 엄마들과 십시일반 모은 마음이었다. 특별한 장소에서 특별한 날에만 보는 공연이 아니라 젖먹이 아이들과 편안한 마음으로 즐겁게 관람한 공연에 대한 감사한 마음이었다.

그 후로 친구는 방학마다 한국을 찾아왔고 연달아 3년을 함께 공연했다. 개인적으로 사람들을 모아 열기도 했고, 서초구 양육지원센터 또는 북카페와 협력으로 진행하기도 했다. 그러는 동안 친구를 도우려 시작했던 일이 결국 나를 돕는 일이 되었다. 공연 준비를 거듭하는 동안 다른 상황에서 다른 행사도 기획해 볼만큼 배짱이 두터워졌다. 맘속으로만 품었던 생각도 세상 밖으로 끄집어낼 수 있었고 그럴 때마다 너무나 평범해서 만나기 쉬운 기적 같은 일이 연이어 일어났다. 기획자로 살다 엄마가 되었어도 꾸준히 기획할 수 있었고, 다양한 육아서의 저자를 직접 만나는 행운을 누렸다. 그뿐만 아니라 북토크에 참여한 다른 엄마들의 다양한 경험과 질문도 저자의 답변과 함께 듣게 되었다. 그러자 갈팡질팡하던 초보 엄마 삶에 즐거움과 여유가 자리 잡기 시작했다.

그렇게 첫 기획을 시작한 나에게 기획력이란 무엇이냐고 묻는다면 '분노하는 힘'이라고 말하고 싶다. 지금 내 마음에 분노가 일렁이고 있다면 분노를 직시해 보길 바란다. 나를 분하게 한 그 지점

북토커 평범한기적의 Tip. 기획을 돕는 마인드 맵

분노의 지점을 찾았다면, 마인드맵을 통해 기획을 세밀화해 보자.

마인드맵은 하나의 키워드에서 출발해 키워드와 연관된 단어와 문장으로 생각의 확장을 돕는 도구이다. 마인드맵 그리기 전문 강사가 있을 만큼 정확한 방법이 존재하지만, 키워드를 확장하고 세밀화하는 목적으로 다음과 같이 간단히 활용해 보는 것도 좋다.

1. 북토크 주제를 잡는다.
2. 주제와 관련된 키워드를 적는다.
3. 키워드를 세분화한다.
4. 나만의 기준을 정해 세분화 된 내용을 분류하고 추린다.
   1) 내가 궁금한 것과 독자들이 궁금해 하는 것
   2) 내가 다룰 수 있는 주제와 다루기 어려운 주제
   3) 이번 북토크에서 하기 어려운 일
   4) 이번 북토크에서 도전해 볼 일

이 과정을 통해 내가 찾은 키워드를 세분화하고, 나의 역량과 역할을 좀 더 명확히 파해쳐 보자. 이와 더불어 내가 진행하고자 하는 북토크의 목적을 한 번 더 점검해 보자. 북토크의 주제와 키워드, 그에 맞는 나의 역할을 명확히 해두면 북토크 기획의 80%가 완성된다.

다음은 언젠가 꼭 함께 북토크 하고픈 최인아 저자와의 북토크를 상상하며 그려본 마인드맵의 예시이다.

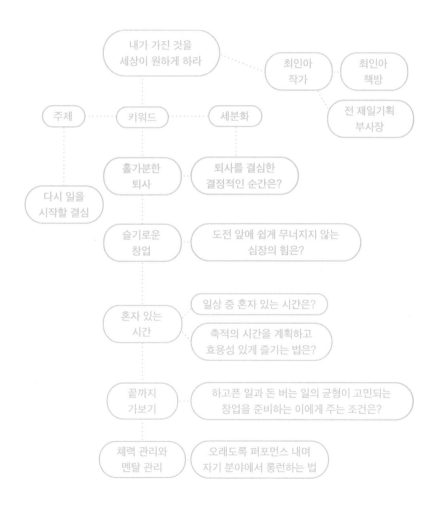

을 면밀히 바라보고, 화를 잠재울 방안을 떠올려 보는 거다. 그 두 가지를 찾았다면 이미 기획의 80%는 끝났다. 나머지는 현실이 되도록 차근차근 방법을 찾고 다듬어 가는 과정일 뿐이다. 그렇기에 분노가 가진 힘을 그냥 흘려보내지 말기를 바란다. 외려 그것의 힘을 알아보고 꽉 붙잡아 보기를 권한다. **화가 나는 이유가 분명하고 그 힘이 셀수록 그 상황을 바꿀 수 있는 의지와 능력도 위대해질 것이다.** 기획력도 덩달아 상승 곡선을 그리게 될 것이다. 그러니 '기획'이라는 말이 어렵게 느껴진다면 '분노'라는 말에서부터 시작해보면 어떨까? 나는 친구의 공연이 정당한 보상을 받지 못하는 일에 분노했지만 어떤 것에 분노하느냐에 따라 자신만의 유일무이한 기획을 시작할 수 있다. 그 시작의 응원단이 되고 싶다. 더없이 열렬하고 소란스럽게 응원하며 당신의 시작을 기다릴 것이다.

북토크, 언제 열면 좋을까?

　북토크를 열고 싶은 마음이 조금 움트기 시작했다면 이제는 언제 열면 좋을지 정해보자. 기획자의 관점에서 북토크를 열기 가장 좋은 때로 다음의 네 가지를 꼽아보았다.

　첫 번째는 서사가 재미있는 저자를 알게 되었을 때이다. 책에 소개된 이야기가 너무 궁금할 때, 저자의 매력에 푹 빠져들었을 때 꼭 한번 저자를 만나 이야기 듣고 싶다는 마음이 절로 솟았다면 그때가 바로 북토크를 진행하기 가장 좋은 때이다. 나에게는 『시간 부자의 하루』 정연우 저자와의 북토크가 그중 하나였다. 오랜 시간 함께 숲 육아를 하며 알고 지냈던 저자는 늘 돈을 아끼는 참신한 방법을 알고 있었다. 옷 잘 입는 그녀지만 알고 보면 머리끝부터 발끝까지 오천 원으로 벼룩시장에서 해결하는 친구였고 그렇게 아낀 돈으로 아이와 자주 해외여행을 다녔다. 여행지에서 매력적인 물건을 사입해서 판매하고 다음 여행의 항공료를 미리 벌어 두는 그녀가 신기하면서도 매력 있었다.

　그러던 어느 날, 남편을 은퇴시키고 온 가족이 세계 여행을 떠나게 되었다는 연락을 받았다. 집필한 책의 제목대로 '시간 부자의 하루'를 살게 된 것이다. 함께 불암산에서 대장 이모 하며 아이 키우던 가족에게 이런 극적인 변화라니. 어찌 궁금하지 않겠는가. 출판 계약을 했다는 소식을 들었을 때부터 저자와의 북토크를 기획하였다. 한 번으로는 부족할 것 같아서 두 번의 북토크를 기획했다. 제주 오프라인 북토크와 온라인 북토크였다. 같은 책, 같은 저자의 이야기이지만 북토크는 생방송이기에 두 번의 북토크는 같은 듯 다른 이야기로 채워졌고 그 북토크의 최고 수혜자는 내가 되었다. 저자의 이야기를 듣고 또 들으며 시간 부자가 되는 나름의 방법을 터득한 나 역시도 지금은 어느 정도 그렇게 살게 되었다. 즉, 해야 할 일 가득하던 일상에서 하고 싶은 일 가득한 일상이 되었고 그중 하나인 북토크를 지속하며 수익도 얻게 되었으니 말이다.

　북토크를 열기 좋은 다른 때는 바로 강연을 잘하는 저자를 알게 되었을 때이다.『그림책으로 만난 어린이 세계』의 강영아 저자는 부모 교육의 강연자로 먼저 만났다. 저자의 탁월한 강의 전달력을 책 출간 전 이미 경험했다. 북토크를 이어오는 동안 내가 배운 것 중 하나는 작가의 필력과 강의 실력은 별개의 영역이라는 점이었다. 글과 달리 말로 전달하는 것이 서툰 저자도 있기 마련이고, 책 내용이 너무 좋아서 강연을 찾아갔다가 조금은 실망했던 경우도 있는 까닭이다.

그러므로 필력은 물론 탁월한 강연 실력을 지닌 저자를 알게 되면 저자의 매력이 급상승한다. 그런 능력을 갖춘 저자를 발견했다면 무조건 직진해도 좋다. 일단 북토크가 시작되면 저자는 절로 북토크를 이끌며 독자와 저자 모두에게 알찬 시간을 만들어 주기 때문이다. 이런 저자와 북토크는 홍보와 접수 외에는 딱히 준비할 것도 없을 뿐만 아니라, 진행자도 저자의 이야기에 쏙 빠져들어 북토크를 즐길 수 있다.

강의력이 좋은 저자를 만나면 내 마음이 마구 요동을 치는 또 다른 이유가 있는데, 내가 좋아하는 일을 지속할 수 있도록 그동안 나의 북토크를 찾아준 고마운 독자들에게 알찬 강연이 보장된 자리를 꼭 마련해 주고 싶다. 잘 알려지지 않은 작가라도 그들에게 좋은 책과 저자를 소개하며 그동안의 고마움을 갚고 싶기 때문이다. 그럴 때면 "작가님 저와 북토크 해요! 이 일정 어떠세요? 진행은 이런 식으로 하면 좋을 것 같아요!" 하는 말들이 팝콘처럼 연달아 튀어나온다. 그러므로 북토크를 열기 가장 좋은 또 다른 때는 좋은 책과 저자를 알리고픈 마음이 차오를 때다.

다음으로는 북토크를 열기 좋은 때이자 가장 설레는 경우인데

평소 흠모하는 저자의 신간이 나왔을 때이다. 평소 흠모하는 저자란 여러 권의 책을 썼고 이미 많은 독자에게 호응을 받은 저자이다. 그렇기에 높은 강연료와 함께 강연 섭외가 끊이질 않을 것이다. 그런 유명 저자와 함께 북토크를 할 수 있는 유일한 시기가 있다. 바로 신간이 나왔을 때이다. 신간이 나오고 한 달 동안은 저자도 출판사도 책 홍보를 위해 그야말로 전력 질주하는 시기이다. 그 시기에 북토크를 제안하면 90%는 성공한다.

특히나 공공 기관에서 주도하는 불특정 다수가 신청하는 북토크가 아닌 평소 자신의 책을 좋아하는 독자가 주체적으로 진행하는 북토크라고 소개하면 대부분의 저자는 좋게 봐주고 긍정적인 답을 준다. 그러니 평소 좋아하는 저자의 신간 소식에 촉을 세우고 있다가 때가 되었을 때 그 기회를 포착해 보자.

앞의 긴 이야기를 종합해보면, 저자 섭외가 잘되는 시기도 분명 존재하지만 **어쩌면 북토크를 열기 가장 좋은 때는 바로 기획자인 당신이 '북토크를 열고 싶을 때'이다.** 『사피엔스』의 저자 유발 하라리도 이 생각을 뒷받침해준다. '이야기를 듣고 나누는 행위가 유인원이 세상을 지배하게 된 결정적인 이유'라고 강조했다. 그렇기에 모여서 이야기 나누는 것을 좋아하는 인간의 본성을 믿고 위의 세 경우는 물론 그 어느 때라도 책 이야기를 나누고 싶은 마음에 불이 켜졌다면 그때가 바로 북토크를 열기 가장 좋은 때이다. 언젠가는 유발 하라리와 북토크 하는 그날까지 나 역시도 북토크를 열고픈 마음을 외면하지 않고 지속할 것이다. 그러니 우리 함께 나에게 가장 좋은 때에 나에게 꼭 필요한 책으로 북토크를 열어보면 어떨까.

북토커 평범한기적의 Tip.

참가자 입장에서 북토크를 열기 좋은 때

저자를 섭외하고 독자를 모으는 북토크. 혼자가 아닌 여러 사람과 함께하는 일이기에 참여자 입장에서 북토크를 열기 좋은 때를 정리해 보았다. 참가자 성향에 따라 북토크를 열기 좋은 시간대는 모두 다르다는 점을 참고해서 읽어주면 좋겠다.

+ **평일 오전 10시 북토크** : 전업주부 대상으로 깊은 밀도감과 안정감 있게 진행하기 좋은 때이다. 돌봄 역할에서 자유로울 수 있는 시간이기 때문이다. 약 2주 전에 북토크를 공지하면 평일 오전 일정을 미리 조율해서 제법 많은 참가자가 신청해준다. 온라인, 오프라인 모두 참여율이 좋은 시간이지만 경험상 목, 금 같은 주말보다는 월, 화 같은 주초에 더 많은 참여자가 참여해준다.

+ **평일 저녁 7시 북토크** : 직장인을 대상으로 오프라인 북토크를 하기 좋은 시간대이다. 퇴근 후 참가할 수 있고, 혹 북토크가 마무리된 후에도 깊어가는 대화로 행사가 다소 길어져도 안전하게 귀가할 수 있는 시

간대이다.

+ 금요일 또는 토요일 밤 10시 북토크 : 온라인으로 진행 시 전업주부, 워킹맘, 직장인, 프리랜서 등 다양한 배경의 참가자가 그나마 공통적으로 시간을 낼 수 있는 때이다.

+ 아침 6시 북토크 : 글을 쓰는 사람 중에는 새벽 기상하는 분들이 정말 많다. 또한 독서를 좋아하는 사람 중에도 새벽 기상이 몸에 밴 독자들도 많기에 책의 성격에 따라 이른 아침 북토크를 진행하면 한결 특색 있는 북토크가 된다. 그날 하루의 일정에 상관없이 의지만 있다면 누구라도 참가할 수 있을 뿐만 아니라, 의지가 남다른 참가자들이 모인 자리인 만큼 더 깊이 있는 이야기를 나눌 수 있다. 토요일 아침으로 시간을 정하면 주말 일정이나 컨디션에 큰 영향을 받지 않아서 보다 많은 참가자와 진행할 수 있다.

정직이 최선, 작가 섭외

'작가 섭외를 어떻게 해요? 연락처도 모를뿐더러 강연료는 어떻게 하고요.'

북토크를 시작해 보라며 말을 걸고 있는 나에게 어쩌면 이 질문을 가장 먼저 하고 싶을지도 모르겠다. 이 질문에 관해서라면 오랜 시간 책 한 권 내는 일이 소원이었던 나였기에 가장 자신 있게 답할 수 있다. 바로 책을 낸 저자라면 당신의 북토크 제안을 무척 반가워할 거라고.

독자로만 살 때는 몰랐다. 그러나 작가 지망생으로 사는 동안 책 한 권 내는 일이 결코 만만한 과정이 아니라는 걸 뼈저리게 배웠다. 기획서를 쓰고 그것에 맞게 목차를 작성하는 일도 많은 공력이 들지만 투고할 원고를 작성하는 일은 뭐랄까 끝없는 번뇌와 자기 검열이 수반되는 과정이었다. 그렇게 완성한 원고를 기획서와 함께 출판사에 보내는 일을 '투고'라고 하는데, 작가 지망생이 투고를 시작할 때의 마음가짐이 있다. '단 한 번의 성공을 위해 199번의 거절은 기본값이다'라는 마음가짐이다. 그만큼 출판사 200 군데에 투고하겠다는 마음으로 투고를 해도 편집자의 눈에 들기도 어려울 뿐 아니라, 내가 공들여 작성한 원고가 거절 받을 때는 정말 쓰라린다.

그런데 이게 전부가 아니다. 투고라는 산을 넘은 후에는 또 하나의 큰 산이 기다리는데 바로 토할 때까지 보고 또 보면서 고쳐야 하는 '퇴고'의 과정이다. 투고한 원고가 통과된 후 최소 네 번에서 다섯 번의 교정을 거쳐 최종 원고로 다듬어진 후에야 한 권의 책이 완성된다. 그만큼 오랜 시간과 노력의 결실이 바로 한 권의 책인 것이다. 자, 여기서 밑줄 칠 준비. 여러분이 바로 그 책의 저자라면, 그렇게 공들여 쓴 책과 함께 이야기 나누고 싶다는 연락을 받았을 때 거절할 이유가 있을까? 물론 저자에게 연락을 취하는 일이 아침에 일어나 물 한 잔 마시는 것처럼 간단한 일은 아니다. 그 일에 필요한 '들이대' 정신은 앞서 다른 글에서 이야기 나누었으니 이번 글에서는 저자 섭외에 대해 좀 더 집중해 보자.

우선 저자에게 연락하는 법은 간단하다. 북토크를 열고 싶은 책의 날개를 펴보자. 저자의 SNS 계정 중 인스타그램이 있는지 살펴보자. 많은 플랫폼 중 특히 인스타그램을 통해 많은 저자가 독자와 활발히 소통한다. 작가의 인스타그램 계정을 찾았다면 DM 기능을 활용해서 저자에게 연락을 취해보자. 이 방법은 전달 과정에서의 오류가 생길 확률도 거의 없고 즉각적인 회신을 받을 수 있다. 연락을 취하기 전 저자의 책 리뷰를 나의 SNS에 올려두면 섭외 성공 확률이 더욱 올라간다. 저자도 나의 SNS를 둘러보며 내가 어떤 독자이고 어떻게 저자의 책을 읽었으며 순수하게 책 이야기를 나누고 싶어 하는 독자라는 걸 미리 알 수 있기 때문이다.

　책을 출판하는 저자 중 드물게 SNS 활동을 안 하는 저자도 있다. 그럴 때는 책의 판권을 살펴보면 된다. 몇 월 며칠 책이 출판되었고, 어느 출판사를 통해 출간되었는지 등의 정보가 실려 있는 페이지가 바로 판권 페이지이다. 보통은 책의 가장 마지막 장에 있는데 그곳에 출판사의 공식 이메일이 있다. '『기적의 북토크』 저자와 북토크를 하고 싶습니다'라는 제목의 이메일을 보내보자.(제발 많이 보내주세요!) 출판사 입장에서는 책을 홍보할 기회를 마다할 이유가 없으니 분명 저자에게 연락을 취해 줄 뿐 아니라 보다 적극적으로 행사 준비를 도와줄 것이다.

　그런데 이메일을 보내기 전 망설이게 되는 지점이 있다. 바로 강연료 앞에서 멈칫하게 된다. 저자에 따라 강연료는 천차만별이지만 최소 강연비는 존재한다. 제주시와 행정안전부 지원으로 북토크를 진행할 때 예산이 통과될 수 있도록 시장에서 통용되는 최대 강연비와 최소 강연비를 안내받았었다. 공공 기관의 지원을 받아 북토크를 열 때는 최소 15만 원부터 강연료가 책정되고 있었다. 그동안 진행했던 북토크는 지원 없이 참가자들의 참가비를 모은 후 실비 제외한 금액을 저자 강연비로 전했는데 그래도 최소 비용은 지키며 했던 거라서 다행이었다.

때로는 15명을 모으지 못할 때도 있었다. 사실 어떤 지원을 받지 않는 독자 개인이 북토크를 진행하는데 저자에게 강연료를 보장하는 일은 어려운 일이다. 그럴 때는 '정직이 최선이다'라는 마음으로 저자 섭외에 나섰다. 섭외 메일을 보낼 때 먼저 나를 소개하고 책의 어떤 부분에서 마음이 움직여졌고 독자들을 모아 한번 뵙고 싶다는 마음을 전한다. 그 자리에 와주시는 분들에게 얼마의 참가비를 받을 예정이며 그중 장소 대관비를 제외한 금액을 감사의 성의로 드리고 싶다고 적었다.

이 섭외 방식은 특별한 것 없는 그야말로 담백한 방식이지만 김신회 작가의 『심심과 열심』에서 이런 섭외 방식이 꽤 괜찮다는 것을 읽게 되었다. 많은 책을 내고 활발히 활동하는 김신회 작가에게 당연히 많은 강연 섭외가 들어오는데 생각보다 강연비가 얼마고 언제까지 지급하겠다는 내용은 섭외 메일에 빠져있는 경우가 많다고 한다. 사람들이 돈 이야기하는 것을 부끄러워하는데, 부끄러워하지 말아야 하는 상황에서도 부끄러워해서 외려 그 내용을 저자가 확실히 물어야 하는 고충이 적혀 있었다. 그러므로 첫 섭외 메일에서 솔직하게 강연료를 이야기하는 일은 작가 섭외의 가장 중요한 점임을 새기게 되었다.

　저자 강의료에 대해 정직이 최선이긴 하지만 때로는 그 솔직함으로 인한 내적 갈등이 일어나는 것도 사실이다. 강의료가 보장되지 않는 방식으로 북토크를 제안하는 것 자체가 저자에게 죄송스러운 마음이 들기 때문이다. 그럴 때는 '냇물아 흘러 흘러'라는 북카페를 운영하며 한 달에 한 번 시민강좌를 기획하고 진행하는 '살림하는 사람'의 조언을 떠올린다. 그도 나와 같은 방식으로 참가비를 받아서 강연비로 지급해왔는데, 베스트셀러 작가가 아닌 잘 알려지지 않은 시민 활동가를 저자로 모시다 보니 최저 강연비를 채우지 못 하는 경우가 있을 것 같았다. 그럼에도 어떻게 시민강좌를 지속할 수 있었는지 물어보았다. 살림하는 사람은 다음과 같은 조언을 주었다.

　"민정 씨, 저에게 시민강좌는 한 달에 한 번 공부하는 일과 같아요. 그래서 한 달에 15만 원 정도는 수업비라고 생각하고 공간 운영 예산에서 떼어두어요. 혹 최소 강연료가 모이지 않으면 그 비용을 저자 모심 비로 활용해요. 저는 공간 운영자이고 별도의 글쓰기나 독서 모임 등 자체 프로그램을 통해서 수익을 만들 수 있으니 가능한 일이에요. 그러나 민정 씨는 공간 운영자가 아니잖아요. 그러니 민정 씨가 할 수 있는 선을 정한 후에 저자에게 제안해보세요. 그 제안을 받아들여 주는 분과 함께 지속하면 돼요."

이 말을 들었을 때 먹구름이 싹 걷히는 기분이었다. 내가 할 수 있는 선을 정하고 그것을 저자에게 제안하는 일이 나의 역할임이라는 점도 분명히 세울 수 있었다. **내 역할을 분명히 하자 미안함은 덜어졌고 당당한 마음으로 저자 섭외를 할 수 있었다. 그 제안을 저자가 받아주면 미안함의 자리에 고마움을 채워 성실하게 북토크를 준비했다.**

그러나 저자를 섭외할 때 나름 꼭 지키는 부분이 있다. 전혀 급하지 않은 마음으로 연락을 드리는데 보통은 이렇게 섭외 메일을 보낸다.

"안녕하세요? 저는 제주에 사는 독자 '평범한기적'입니다. 혹 언젠가 제주 여행을 하실 예정이라면 그 일정 중에 저자님을 모시고 북토크를 진행하고 싶습니다. 정확한 강연료를 지금은 말씀드릴 수 없지만, 독자들에게 참가비를 받아 장소 대관료를 제외한 금액을 강연료로 드리고 싶습니다. 지금 확실히 말씀드릴 수 있는 건 제주에 오실 때 단정한 숙소를 제공해 드릴 수 있습니다. 독자를 모으는 일은 제가 즐겁게 하겠습니다. 제주 독자들과 꼭 한번 뵙기를 희망합니다."

앞서 내가 할 수 있는 선을 정하고 그것을 제안하는 것이 바로 북토크를 기획하는 북토커의 역할임을 깨닫게 되었을 때 나는 나의 공간을 활용하기로 마음먹었다. 비록 북카페나 서점 같은 공간을 운영하지 않지만 바로 제주라는 공간과 그곳에 있는 나의 집을 활용하기로 한 것이다. 남편의 일로 제주로 이주한 후, 살 집을 공사하는 동안 우리 가족은 당시 남편이 함께 일하던 회사의 직원 숙소에서 지내게 되었다. 예술가들을 위한 레지던스로 지어진 숙소는 일부 인원만 이용하기에 한여름 성수기에도 텅텅 비어있었다. 제주는 습기가 많은 곳이라 오래 집을 비우면 곰팡이가 생길 수도 있어서 돌봄의 손길이 늘 필요하다. 그래서인지 고맙게도 회사에서는 숙소 중 한 집을 우리 가족의 게스트하우스로 활용할 수 있게 해주었고 그 공간을 활용해서 자신 있게 저자 섭외를 이어갔다. 그 후에는 서울에서 에어비앤비를 운영해본 경험을 살려 제주에서 집을 지을 때, 공간 일부를 게스트하우스로 지었다. 이후로 오랫동안 게스트하우스를 활용하여 저자를 섭외하고 북토크를 지속하였다. 비록 지금은 게스트하우스 운영을 중단했지만 그렇게 시도하고 이어가는 동안 북토크를 하는 사람이라는 정체성이 생겼고, 정기적으로 북토크를 진행하자 늘 참여해 주는 독자들이 생겨서 저자에게 숙소 제공 없이도 기본 강연료는 충분히 드릴 수 있게 되었다.

어쩌면 여기서 멈칫하는 독자가 있을지도 모르겠다. 숙소 제공을 할 수 없다면 북토크를 시작할 수 없는 걸까? 하고 말이다. 제주에 살면서 운 좋게 숙소 제공을 할 수 있었지만 그 기간은 북토커 활동 중 초기 몇 개월뿐이었다. 물론 숙소 제공은 매력 있는 제안이긴 하지만, 제주가 아닌 육지에 산다면 숙소 제공이 필수는 아니다. 앞서 말한 대로 대부분의 저자는 독자와의 만남 자체를 소중히 여기기 때문이다.

자, 한번 상상해 보자. 당신은 책을 낸 저자이다. 새 책을 냈을 때마다 당일치기 또는 그 이상의 일정으로 여행 갈 곳이 있고 그 여행 중 독자들과 책 이야기를 나눌 수 있다면 북토크 제안을 거절할 이유가 있을까. 그 여행을 결정하는데 강연료가 과연 큰 비중을 차지할까. 물론 강연료가 높다면 더욱 매력적인 제안이겠지만 적은 강연료라도 기꺼이 독자를 만나는 여행을 떠나는 저자가 감사하게도 존재한다. 실제로 한번 인연이 된 저자들은 다음 신간이 나왔을 때도 늘 제주 오프라인 북토크에 응해주셨다.

어떤 일을 기획하고 진행할 때 스스로에게 묻는다. '나라면 어떨까? 나라면 이 제안을 받아들이고 싶을까?' 이 세상에는 많은 사람이 있고 그중에 나와 비슷한 사람이 꼭 있기 마련이다. 만백성과 북토크를 하는 게 아니라, 적게는 15명에서 20명의 사람과 북토크를 시작하면 되니 앞의 물음에 내 마음이 예스라고 대답한다면, 만나고 싶은 저자에게 연락해 보자. 어쩌면 그 저자는 힘든 집필 과정을 끝낸 후, 당신의 제안을 받고 반가운 마음에 미소를 지을지도 모른다.

대관료 대신 음료 쿠폰

저자 섭외가 완료되었다면 이제 장소를 섭외할 차례이다. 당연한 이야기이지만 북토크 참가자가 저자의 이야기에 집중할 수 있도록 편안한 장소를 섭외하는 것이 북토커의 중요한 역할이다. 그동안 참가자의 나이보다 참가자와 함께 올지도 모르는 아이들의 연령에 따라 다양한 장소에서 북토크를 진행했다. 그 흐름에 따라 장소 섭외의 예를 말해보려 한다. 어찌 보면 전 연령을 아우른 북토크의 경험이기에 아이 동반 북토크를 기획하는 게 아니더라도 '아! 나도 저런 장소를 섭외해 볼 수 있겠어!' 하는 아이디어가 떠오르면 좋겠는 마음이다.

엄마가 된 후 독자로 참여했던 첫 북토크 장소는 바로 서초동의 한 검도장이었다. 『두려움 없이 엄마 되기』를 출간한 신순화 작가와 어린아이를 키우는 독자가 만나는 자리였다. 이제 막 육아를 시작한 엄마 독자들을 대상으로 북토크를 열기에 검도장은 최적의 장소였다. 말끔히 청소된 반질반질한 바닥이 있고 딱히 위험해 보이는 물건이 없었기에 아이들은 맘껏 기어 다닐 수 있었다. 나를 포함한 엄마들은 아이를 눈으로만 보며 귀와 입으로 북토크에 참여했다. 아이가 깨어있는 한낮에, 이건 마치 기적 같은 일이라며 모두 좋아했다. 검도장에서도 반겨주었다. 수업이 없는 평일 오전 10시를 활용해 소소한 장소 대관료를 받을 수 있었기 때문이다.

검도장은 물론 요가, 태권도, 발레 등 강습하는 공간은 어린아이를 동반하는 참가자에게 최적의 북토크 장소가 된다. 장소 섭외 시 아이를 동반한다고 하면 수화기 너머에서 멈칫하는 순간이 느껴진다. 그럴 때는 그 공간에 청소 도구가 있는지 먼저 물어보자. '최상의 방어는 언제나 선방'이기에 북토크를 마친 후 말끔히 청소해두겠다고 먼저 말하는 거다. 대관료 현금 지불은 물론 청소도 말끔히 해두겠다고 하면 분명 장소 섭외에 응해주는 검도, 태권도, 요가, 발레 선생님이 있을 것이다. 긍정적인 답변을 들은 후에는 아이들이 만지고 싶어 할 것 같은 물건이나, 망가지면 안 되는 물건은 안전한 곳으로 먼저 치워주시길 부탁드리자. 혹시 청소가 걱정이라면 그 걱정은 덜어둬도 괜찮다. 북토크를 마무리할 때 청소를 도와달라고 참가자에게 부탁해 보자. 함께라서 가능한 평범한 기적을 북토크 전반에 거쳐 발현시켜 보는 거다. 혼자 하는 것보다 눈부신 속도로 청소가 마무리될 뿐만 아니라, 때로는 필력만큼이나 눈부신 청소 능력을 지닌 저자를 만나게 되기도 한다.

아마추어 북토커는 완벽한 장소를 찾아다니지만, 프로 북토커는 장소를 완벽하게 만든다. 뛰어노는 아이들과 어떻게 하면 평화롭게 북토크를 진행할 수 있을까? 고민하다 자주 가는 제주의 레몬 농장 '섬에 사는 농부'를 떠올리게 되었다. 레몬 농장 안 실내 공간에서 어른들은 북토크를 하고, 아이들은 농장의 마당에서 얼마든지 뛰어놀 계획이었다. 레몬 농장주도 이런 나의 기획을 환영해 주었고 일은 일사천리로 진행되었다. 그런데 그 무렵 진행자인 내가 덜컥 코로나에 걸렸다. 일주일 동안 격리하던 시절이라 북토크도 취소해야 했다. 그때 북토크의 참가자였던 마을 이웃이 번뜩이는 아이디어를 냈다. 레몬이 노랗게 잘 익은 이 시기를 놓치지 말고 레몬 나무가 자라고 있는 비닐하우스에서 온·오프라인 북토크를 동시에 진행해보면 어떻겠냐는 아이디어였다. 초봄 무렵, 수십 그루의 레몬 나무가 쫙 펼쳐진 레몬밭의 풍경은 정말 아름다웠다. 노랗게 잘 익은 레몬이 주렁주렁 달려 있었고, 그 곁에 힘 있게 뻗어있는 초록 잎사귀는 윤기를 반짝이고 있었다. 온 천지에 레모나를 뿌려놓은 듯 향긋한 레몬 향이 말해주는 듯했다. **이곳은 특별한 장소라고 지금 이 시기를 놓치면 후회할 거라고.**

처음 해보는 도전이었지만 발 벗고 나서주는 든든한 마을 사람들 덕분에 북토크를 미루지 않았다. 평소 레몬을 수확할 때 쓰는 노란 컨테이너 상자를 뒤집어 의자로 세팅하고, 전직 로커 출신이라며 자신을 소개했던 레몬 농장주 덕분에 비닐하우스 안에 마이크와 음향 시설을 갖추었다.(나중에 알고 보니 대여했다고 한다.) 비록 북토크 당일 격리 중이라 발로 뛰며 돕지는 못했지만 이렇게 멋진 북토크 장소 덕분에 나의 북토커 인생에 새로운 지평이 열렸다. 변덕스러운 제주 날씨로 그동안은 야외 행사를 기획하기 어려웠지만, 레몬 농장의 비닐하우스라면 비 올 걱정은 물론 한겨울 추위와 매서운 바람 걱정 없이 얼마든지 북토크를 할 수 있게 된 것이다. 게다가 봄에는 레몬이 겨울에는 천혜향이 주렁주렁 열린 농장에서의 북토크라니. 다른 곳에서는 결코 볼 수 없는 그야말로 독보적인 북토크 장소였다. 처음 나의 기획보다 더 참신한 아이디어로 북토크를 진행해준 마을 사람들 덕분이었고 지금도 너무나 감사한 일이다.

앞서 조금 특별했던 북토크 장소를 이야기했지만 아마 가장 수월하게 섭외할 수 있는 장소는 카페일 것이다. 도서관의 유휴시설도 있지만 도서관은 아이들에게 간식을 먹이는 일이 금지된 곳이 많다. 반면 카페는 북토크가 진행되는 동안 아이들에게 간단한 간식을 먹일 수 있고 어른들도 음료를 먹을 수 있어 좋다. 아이들에게 좋은 공간이니 성인 대상으로 하는 북토크 장소로도 단연코 좋다. 빔프로젝터가 있는 카페라면 좋겠지만 그렇지 않더라도 괜찮다. 요즘은 모두 스마트폰을 가지고 있으니 발표 자료를 사전에 공유해 개인 휴대전화로 자료를 보면서 북토크를 이어가는 방법도 있다.

다만 마이크의 존재는 중요하다. 아이 동반 북토크는 물론 성인 대상 북토크를 할 때도 마이크가 있으면 한층 분위기가 차분해지고 이야기에 몰입하게 된다. 전문 강연가가 아닌 저자가 이야기할 때, 목소리 크기가 점점 줄어들기도 하고 타인의 소곤거림에 저자의 목소리가 묻힐 때도 있다.

또한 카페 공간에 따라 소리가 잘 전달되지 않고 공중으로 퍼져 나가는 구조도 있다. 그러나 대부분의 카페에는 마이크가 없다. 그럴 때 우리는 배달의 민족이자 렌털의 민족임을 떠올려 보자. 무엇이든 다 빌려주는 고국의 이점을 백분 활용해 보는 것이다. 먼저 맘에 드는 카페를 섭외한 후 마이크와 앰프를 빌려서 진행해 보고 북토크를 자주 진행하게 되는 경우에는 직접 구매하는 것도 방법이다. 가성비 좋은 마이크를 구하는 일은 어려운 일이 아니지만 맘에 쏙 드는 장소를 찾는 일은 어려운 일이기 때문이다. 마이크와 앰프의 하루 대여료는 보통 하루에 5만 원 남짓이다. 충분히 투자할 만한 비용이다. 앰프를 통해 흘러나오는 저자의 목소리는 그 현장의 몰입도를 한층 상승시켜 주고 북토크의 격을 높여준다. 오프라인 북토크 뿐만 아니라 온라인 북토크의 경우에도 핀 마이크를 구비해 보길 적극 추천하는 이유이다.

맘에 쏙 드는 카페를 북토크 장소로 섭외할 때 대관료가 비싸지 않을까 하는 염려가 들지도 모른다. 나도 처음에는 그랬다. 더구나 몇 명의 참가자들이 와줄지 북토크 당일이 되어야 정확히 알 수 있기에 카페 운영자에게 정확한 대관료를 말하는 일이 머뭇거려졌다. 그럴 때 좋은 팁이 있다. 바로 음료 쿠폰을 만들겠다고 먼저 제안하는 거다.

음료 쿠폰은 정해진 카페 대관비를 지급하는 대신 북토크의 수익을 카페와 나누는 방식이다. 즉 보통 북토크 참가비로 받는 1만 원 중 약 4천 원을 음료 쿠폰 비로 정한 후 참가자에게 쿠폰을 발급해주자. 참가자는 카페에서 4천 원만큼의 음료나 빵을 주문할 수 있고 그보다 더 초과하는 금액은 메뉴에 따라 본인이 부담하면 된다. 보통 음료는 4천 원이 넘기 때문에 자연스럽게 카페 매출에도 도움이 되고, 기획자는 대관비 보장 없이 부담 없는 기획을 할 수 있어서 좋다. 참가자 역시도 참가비 일부를 돌려받으니 모두에게 이로운 방식이다.

다만 음료 쿠폰은 북토크가 진행되는 시간에만 사용하도록 제한을 두는 것이 좋다. 카페 근무자가 바뀌는 경우, 족보 없는 쿠폰의 등장에 당황할 수도 있다. 또한 북토크를 마친 후 카운터에서 받은 쿠폰 수 대로 바로 장소 대관료를 정산할 수 있도록 쿠폰 사용 시간은 북토크 진행 시간 전후로 제한을 두자.

때로 음료 쿠폰은 책 구매 쿠폰으로 탈바꿈하기도 한다. 북토크의 장소가 동네 책방이 된 경우에는 책 구매 쿠폰, 고깃집에서 진행된 경우에는 고기 쿠폰, 타로 집에서는 타로 쿠폰 등 다양한 장소에 따라 다양한 쿠폰으로 변할 수 있다. 그러니 망설이지 말고 장소 섭외 시 쿠폰을 적극적으로 활용해 보자. 이런 쿠폰 아이디어를 카페 측에 제안할 때 카페 측에서 번거롭게 생각하고 멈칫할지도 모른다. 그럴 때는 역시나 '최고의 방어는 선방'임을 기억하며 쿠폰은 제가 준비하겠다고 먼저 말해보자. 아래는 자주 사용했던 음료 쿠폰의 예시이다. 이 양식에 여러분의 상상력을 더해보면 어떨까?

북토커 평범한기적의 Tip 실제 사용했던 음료 쿠폰

〈평범한기적 북토크 음료 쿠폰〉

새는 날아서 어디로 갈지 모르지만 나는 법을 배운다.
오늘 이 자리에 저와 함께 나는 법을 배우러 와주셔서 정말 감사합니다.

- 본 쿠폰은 오늘 이 시간에만 4000원의 가치를 지니고 있습니다.
- 커피, 차, 빵 주문 시 사용하실 수 있습니다.
- 강연 후 남겨주시는 진솔한 후기는 더욱 알찬 강연으로 보답 드리겠습니다.
- 자기만의 멋진 날개로 아름답게 비상하는 모습을 온 마음으로 응원해요!

　북토크를 할 작가와 장소 섭외를 마쳤으니 다음은 참가자를 모집할 차례이다. 참가자 모집을 앞두고 더 세부적인 내용을 정해야 하는데 그중 하나가 참가비 유무를 정하는 것이다.

　나의 경우 북토크의 첫 시작은 유료였다. 독서 모임이나 마을 모임을 권장하는 공공 기관의 지원을 받지 않고, 북토크로 인한 소소한 수익이 보장되는 공간 운영자도 아니라서, 참가비를 모아 저자 강연료와 장소 대관비를 사용해야 했기에 첫 시작은 무조건 유료여야 했다.

　시작은 그렇게 했는데 앞으로는 어떻게 해야 할지 고민했다. 돈 문제는 누구에게나 예민한 문제이기 때문이다. 그래서 장소 대관비나 저자 강연료에 부담이 없는 경우 즉, 무료로 빌릴 수 있는 공간이 있고, 저자도 강연비를 받지 않겠다고 하는 경우에는 참가자에게도 참가비를 받지 않고 진행했다. 그런데 이 경우에도 저자 강연료는 개인적으로 챙겨드리고 싶었다. 북토크를 통해 수익보다는 경험을 번다고 생각했기에 저자에게 소정의 강연비를 전하는 일이 맞다고 생각했다. 그런데 가끔 실랑이가 일어났다. 참가비를 받지 않았으니 강연비도 안 받는 저자가 있었다. 강연비를 안 받는다면 현금 대신 현물이라도 전하고 싶었다. 즉 원산지 제주의 농산물을 보내드리고 싶었는데 끝까지 주소를 안 가르쳐 주는 저자를 보며 달리 생각하게 되었다.

참가자에게 돈을 받으면 부담되니까 내 맘 편하자고 돈을 안 받았던 건데, 그 일은 비단 나에게서 끝나는 일이 아니구나. 내가 기획료나 진행비 없이 일하면 함께 일한 다른 사람도 자신의 일과 시간에 대한 정당한 대가를 선뜻 말하지 못하는구나를 깨닫게 되었다. 협업으로 진행되는 북토크의 경우 내 마음만 생각하면 안 된다는 것을 배웠다.

북토크 진행을 처음 시작하는 단계에서 참가비를 받는 일이 꺼려질 수도 있다. 내가 그랬던 것처럼 말이다. 그런데 유료와 무료 사이에서 고민이 된다면 다음 두 가지의 질문을 스스로에게 해보기를 권한다. 유료로 진행하면 어떤 점이 좋을까? 유료로 진행 시 어떻게 하면 내가 북토크의 질을 높일 수 있을까? 펜과 종이를 꺼내 이 두 가지 질문에 답을 적어보자. 또는 북토크 참가비를 받는 것이 부담스럽다면 그 부담스러운 이유부터 적어보자. 어쩌면 부담스러운 이유가 생각보다 적거나 별거 아닌 이유일지도 모른다. 또한 사전에 준비하면 그 이유는 충분히 해결할 수 있는 이유일지도 모른다.

북토크를 무료로 진행하고픈 이유 중 하나는 혹여 참가비를 받으면 사람들이 많이 안 올까 염려되는 마음일 것이다. 요즘처럼 양질의 무료 강연이 많은 시기에 처음으로 온전히 나의 기획으로 북토크를 진행할 때 모객이 어려운 것도 사실이다. 그런데 사람들은 무료라는 이유로 그 강연에 참석하는 것이 아니다. 저자의 글이 좋아서, 저자가 궁금해서, 또는 진행 방식이 부담스럽지 않거나 만나는 사람들이 좋아서 참석하기도 한다. 즉, 오로지 가격이 참가자 수의 많고 적음을 결정하는 요소가 아닐 것이다. 그렇다면 사전에 가격 이외의 요소를 얼마든지 준비하며 북토크의 질을 높일 수 있지 않을까? 유료 북토크에 걸맞도록 말이다.

게다가 또 한 가지는 적정 참가비를 받을 때 오히려 참석률이 높을 때도 있다. 북토커 활동 초기, 참가비가 고스란히 강사 모심 비로 간다는 것을 접수 글에 공지했다. 북토크에 와주는 대부분의 독자가 돌봄 역할 중인 엄마들이기에, 참석이 어려운 상황이 생기는 것도 이해하며, 혹시 정말 불참하게 되면 대기자에게 연락이 갈 수 있도록 꼭 연락을 주십사 당부를 남겼다. 그러자 북토크 당일 정말 참석이 어려운 경우에는 미리 연락을 주었고, 오히려 노쇼 없이 참석률 높은 북토크를 진행할 수 있었다. 이렇게 북토크를 이어오는 동안 평범한기적표 북토크에 은근히 노쇼 없는 문화가 자리잡혔다. 나 혼자만 아는 은근한 자부심이자 더없이 고마운 일이다.

그럼에도 처음부터 참가비를 받는 일이 부담된다면, 처음 몇 번은 경험치를 높이기 위해 무료로 진행하고 몇 달 후에는 유료로 전환된다는 것을 사전에 공지해 보면 어떨까. 유료 전환 후에도 꾸준히 자신이 기획하는 북토크에 참여하는 독자가 있다면 그 북토크는 '꽤 괜찮은 북토크'라는 의미이다. 그리고 분명한 점은 행사를 앞두고 사람들이 많이 안 올까 부담과 걱정이 드는 것은 유료이든 무료이든 누구나 진행자로 처음 시작할 때 갖는 기본값이다. 유명한 강사나 충성도 높은 팬을 보유하고 있지 않는 한 처음 그 두려움은 누구에게나 오는 감정일 테니 그 감정에 지지 말기를 바란다.

자, 그럼 북토크 참가비를 얼마로 책정하면 좋을까. 개인적으로 최소 1만~2만 원 정도의 금액을 선호한다. 이 정도는 참가자들에게 크게 부담되는 수준이 아니며, 진행자가 져야 하는 소소한 경제적 부담도 해결할 수 있다. 또한 북토크를 기획하고 준비하는 수고에 대한 정당한 대가를 조금은 받는 기분을 들게 해준다. 게다가 상대적으로 홍보비가 넉넉한 대형 출판사와 서점에서도 북토크를 진행할 때는 최소 1만~2만 원의 참가비를 받는다. 그러니 시작은 비슷하게 참가비를 정하고 그에 맞게 능력치를 키워보자.

무료보다는 유료 북토크를 적극 권하며 나의 능력치를 키워보기를 권하는 마지막 이유가 있다. 조금은 거창하게 들릴 수 있지만, 저자 강연을 무료가 아닌 유료로 여기는 저변을 만드는 일에 동참하고 싶기 때문이다. 북토크 현장을 다니다 보면 여러 명의 작은 책방 운영자와 이야기를 나누게 된다. 이렇게 좋은 강연을 기획하고 진행해줘서 감사하다는 말과 함께 이번 북토크가 책방 운영에 도움이 좀 되었는지 물으면 대부분은 한숨부터 짓는다. 작은 책방 지원 사업이나 독서 동아리 지원 사업 등 책방 운영 활성화를 위해 마련된 사업에서조차도 진행비는커녕 '장소 대관료 항목'이 존재하지 않는다는 사실은 지금도 놀랍고 안타까운 일이다. 북토크가 진행되는 동안 책방 운영자는 잠시 영업을 중단할 뿐만 아니라, 북토크 전후로 사소하지만 필수적인 준비 작업에 책방지기의 품이 얼마나 많이 드는지 잘 알기에 더욱 그랬다.

물론 북토크에 와주는 사람들이 책방에서 책을 살 때 수익이 발생하긴 하지만 몇 권의 책을 팔아서 얻은 수익으로 북토크 준비와 진행의 수고를 갈음하기에는 너무 미비하다. 뿐만 아니라 북토크에 오는 대부분의 독자는 미리 온라인 서점에서 책을 사서 읽고 오는 경우가 대부분이라 서점에서 진행하는 북토크에 왔다고 해서 꼭 책을 사는 것도 아니다.

현실이 이렇다 보니 그간 작은 책방에서 진행된 무료 북토크 중에는 북토크 진행자나 장소 운영자가 무료 봉사했던 경우가 생각보다 많을 것이다. 예산 집행 항목에 대관료 또는 진행비라는 항목 자체가 이 책을 쓰는 지금도 존재하지 않기 때문이다. 그러나 책을 좋아하는 사람이라면, 책과 관련된 일을 기획하고 진행하고자 하는 우리라면, 나만의 독창적인 기획으로 작게 시작하는 북토크에서부터 우리가 시작할 수 있지 않을까? 책과 강연을 통해 얻는 효용성을 그 누구보다 잘 아는 우리부터 나서야 하지 않을까? 도서정가제를 통해 책의 출판과 유통의 생태계를 탄탄하게 만드는 일에 동참했듯이, **소소하지만 의미 있는 강연을 무료보다는 유료로 기획해 보자. 기획료와 대관료를 생태계의 참가자에게 기쁜 마음으로 지불하며 서로에게 안전한 그물망을 짜는 일에 동참해 보자. 그 일은 결국 내가 좋아하는 일을 지속할 수 있는 넓고 푸른 바다가 되어줄 것이다.**

2주 후에 만나요

북토크 장소가 섭외되었고, 작가 섭외도 완료되었다면 이제 독자들에게 북토크를 홍보할 시간이다. 보다 많은 독자를 모으기 위해 북토크 홍보는 언제 시작하면 좋을까? 한 달 전부터 시작하면 괜찮을까?

홍보를 시작하는 시기에 관해 정해진 답은 없지만 100명 이상의 독자를 모으는 자리가 아니라면, 많은 사람에게 북토크 소식을 알리는 것도 중요하지만 그보다는 많은 참가자가 실제로 북토크 현장에 오는 것을 선호한다면 한 달은 조금 이를지도 모른다. 그렇다면 자연스럽게 질문이 생긴다. 허수가 아닌 실제로 많은 참가자를 확보하기 위해 언제부터 홍보를 시작하면 좋을까? 일주일 전? 열흘 전?

정답이 없는 질문에 경험치로 호기롭게 답해보면 북토크 2주 전이 홍보를 시작하기 적당한 때라고 생각한다. 그렇게 생각하게 된 긴 역사 속으로 들어가 보면, 첫 직장에서 홍보 마케팅팀 소속으로 일하며 여러 이벤트를 기획하고 참가자를 모집하는 일을 주로 했는데 그때 나의 사수는 말했다.

"민정 씨, 홍보는 최소한 행사일로부터 2주 전에는 완료되어야 해요. 꼭! 2주 전이에요!"

말이 많지 않던 사수가 하도 힘주어 말했기에 사회 초년생이던 나의 뇌리에 홍보는 2주 전이라는 공식이 박혔다. 그런데 어디 회사 일이 계획한 대로 술술 흘러가는가. 급하게 기획된 행사를 홍보하거나, 다른 업무로 인해 홍보 전개를 깜빡 잊어서 2주 전이 아닌 열흘 전 또는 일주일 전에 홍보를 시작한 일도 비일비재했다. 2주보다 촉박하게 행사 소식을 공지한 경우 센터 방문자들이 아쉬워했다. 이번에 공지된 행사에 관심은 정말 많았지만 이미 선약이 있어서 참여가 어렵다는 반응이었다.

때로는 더 많은 참가자를 모으고 싶고 욕심껏 홍보를 진행하고픈 행사가 있다. 기획이 참신하거나 잘 알려진 아티스트와 함께하는 행사는 특히 그랬다. 그런 행사일수록 미리 일정을 잡고 홍보를 전개했다. 행사 규모에 따라 다르지만 규모가 크지 않은 행사임에도 잘하고 싶은 마음에 약 한 달 전부터 홍보를 시작해보았다. 역시나 사람들의 수요를 잘 반영한 기획이거나 잘 알려진 아티스트와 함께하는 행사는 금세 마감되고, 마감 공지와 함께 팀 동료들과 쾌재를 부르곤 했는데 어라? 행사 당일 예상보다 현장이 썰렁했다.

광클로 마감된 행사였기에 행사장이 북적북적 할 것을 기대했지만, 생각보다 많은 인원이 불참했다. 행사에 못 오는 경우 보통 대기자에게 순번이 갈 수 있도록 불참 연락을 주기도 하는데 일찍 홍보를 시작한 행사일수록 연락 없이 불참하는 신청자가 많았다. 행사를 마치고 며칠이 지난 후 우리가 진행하는 행사에 늘 관심을 가져주는 인근 직장인 그룹에게 왜 행사에 안 왔는지 물어보니 공통적인 이유가 있었다. '까먹어서'였다. 너무 오고 싶은 행사였지만 너무 일찍 신청을 해두어서 그만 깜빡했다는 말에 좀 허무했다.

그렇다면 다음 행사는 언제 홍보를 시작해볼까? 동료들과 머리를 맞댄 결과 홍보는 한 달 전부터 시작하되 행사 2주 전과 행사 1주 전에 친절하게 행사 안내 문자를 보내주기로 했다. 그런 방식으로 몇 번의 행사를 또 진행해보았는데 결론은 안 그래도 행사 준비로 바쁜데 일만 많아지고 안내 문자를 보내기 전과 후를 비교했을 때 참가자 수도 드라마틱하게 늘지 않았다.

그때 사수였던 그녀가 정해준 기한에 관해 다시 생각해보게 되었다. 2주! 꼭 2주여야 한다고 힘주어 말하는 그녀에게도 이런 경험치가 있던 게 아니었을까? 이런저런 경험을 겪는 동안 알게 되었다. 홍보는 타이밍이 전부라는 것을. 그 타이밍이란 바로 참가자가 행사 참가 여부를 즉시 결정하고 결제까지 완료할 수 있는 타이밍이면서, 행사를 기억할 수 있도록 너무 멀지 않은 시간이어야 한다는 것을 배우게 되었다.

그래도 왜 2주라는 시점이었을까? 2주 전에 홍보를 시작한 북토크에 왜 참가자들이 많이 와주는 걸까? 2주라는 시간이 주는 '집중도'와 기획자의 라이프스타일에 관해 주목해 본다. 요즘은 누구나 바쁘다. 해야 하는 일과 만나야 하는 사람, 또는 신청해둔 강연과 병원 예약 등 휴대폰 일정표에는 늘 일정이 빼곡하다.

그렇지만 당장 이번 주의 일정은 빼곡하더라도 2주 정도 후의 일정은 상대적으로 여유롭다. 내가 소소하게 진행하는 북토크에 와주는 사람들은 대부분 나와 비슷한 라이프스타일을 가진 사람들이다. 그렇기에 책을 읽는 취향도 같을뿐더러 일상도 비슷하게 흘러간다. 그 전제 조건과 함께 2주 전부터 북토크 홍보를 시작하는 것이 정답이라기보다는 '적당하다'는 결론에 이르렀다. 일정도 여유로울 뿐 아니라 너무 먼 미래의 일정이 아니라서 수월하게 기억하고 실제로 참석을 유도할 수 있었기 때문이다.

그리고 또 한 가지. 2주라는 시간은 북토크의 '매력도'가 유지되는 시기이기도 하다. 아무리 만나고 싶던 저자와의 북토크라고 해도 신청 후 너무 오랜 시간을 기다리면 북토크의 매력도가 떨어지기 마련이다. 코로나 이후 급격히 늘어난 행사와 함께 내가 진행하는 북토크가 경쟁해야 하는데, 참가자가 나의 북토크를 신청하고 그 매력도가 유지되는 시일 안에 진행해서 직접 현장에 오게 하는 일은 무척 중요하다. 즉 매력이 유지되는 타이밍 안에 북토크 진행을 완료할 수 있도록 그 시간을 계산해서 북토크 홍보를 시작해야 한다.

감히 말해본다. 내가 주도적으로 기획하는 북토크라면 행사 집중도와 매력도가 유지되는 2주 전에 행사를 홍보하고 진행을 완료해보자고. 그러면 안내 문자 같은 불필요한 업무도 줄이고, 감정과 에너지가 소모되는 참가자의 노쇼도 어느 정도는 막을 수 있다고.

앞서 말했지만 홍보는 타이밍이 전부다. 그 황금 타이밍을 놓치지 않도록 다음의 일을 사전에 준비해두어야 한다. 북토크 홍보 시작 전 미리 완료해야 하는 일은 바로 다음과 같다.

북토커 평범한기적의 Tip.

북토크 홍보 시작 전 완료해야 하는 일

북토크 홍보의 황금 타이밍, '2주 전 홍보 시작'을 위해
사전에 마무리해야 하는 일 체크 리스트

1. 작가 섭외
2. 장소 섭외
3. 작가와 북토크 진행 방식과 내용, 홍보 방안 사전 협의
4. SNS에 책 서평 남기기
5. 북토크 홍보 글 작성 및 북토크 내용 작가와 최종 점검
6. 북토크 2주 전, 홍보 및 접수 시작

"작가님 저와 북토크 하실래요?"
"네? 제주에서요?"
"아니요! 서울에서요!"

　제주에 살며 육지에 사는 작가를 섭외한다. 지역 상관없이 오프라인은 물론 온라인 북토크를 진행한다. 때로는 두 가지 형식을 동시에 진행하기도 하고 잘 아는 저자를 타 지역의 동네 책방에 소개해 북토크를 주선하기도 한다. 코로나 이전부터 어지간한 일을 비대면으로 해왔지만 요즘은 정말 북토크의 시작부터 끝까지 방구석에서 할 수 있다. 어쩜 온 우주가 이렇게 나를 도와주나? 얼리어답터와는 거리가 먼 내가 이런 멋진 신세계의 수혜자가 되었다. 저자와 독자를 직접 만나지 않아도 언제 어디서나 북토크를 진행하며 살게 되었으니 말이다.

175

그렇지만 모든 일에 빛과 그림자가 있듯, 비대면 시대의 간편함은 나만 누리는 게 아니라서 북토크를 비롯한 온라인 강좌 춘추전국시대가 되었다. 같은 날, 같은 시각에 진행되는 강연과 경쟁하며 참가자를 확보해야 하기에 북토크 접수는 최대한 간단한 방식을 택한다.

한때는 나를 믿고 섭외해준 출판사와 저자에게 잘 보이고 싶어서, 나 일 좀 한다고 조금은 뻐기고 싶은 마음에 잔뜩 욕심을 부려보았다. 즉, 저자에 관한 사랑이 있지 않고서는 아무나 북토크 접수를 못하도록 접수 방식을 복잡하게 만들었다. 그 방식은 이랬다. 블로그에 작성한 북토크 공지글을 자신의 SNS에 스크랩한 사람에게만 참가 신청을 받았다.

군이 그렇게 했던 이유는 한 명에게라도 저자의 책이 노출되기를 바랐던 노림수였다. 결과는 당연히 참패였고, 신청자가 확 줄었다. 아무리 SNS 활동을 활발히 하는 사람이라도 복잡한 접수 방식은 딱 질색인 참가자가 태반이었다. 또한 개인 SNS 공간은 운영자가 잘 정돈해둔 온라인 속 거실과 같은 공간이기에 나의 북토크 모집 글을 그곳에 공유하는 사람이 생각보다 많지 않았다. SNS 활동을 활발히 하는 나조차도 내가 무슨 강연을 듣는지 다 공유하고 싶진 않은데 참가자들은 오죽했을까?

그 후로 보여주기 위한 욕심은 내려놓고, 최대한 간편한 접수 방식으로 북토크 참가자를 모은다. 그 방식은 이와 같다. 구글 설문지 또는 네이버 폼으로 참가 접수 양식을 만든다. 참가자 이름, 연락처, 줌 링크를 보내줄 이메일 주소를 받는다. 노쇼 방지를 위한 공지사항을 적은 후 '확인하셨나요?'라는 질문을 넣고 참가자는 '네!' 칸에 체크만 하면 되도록 만들어 둔다.

간단한 접수는 참가자에게도 좋지만 진행자에게도 좋다. 북토크를 접수할 때 구글 설문지나 네이버 폼을 사용하는 이유는 딱 하나이다. 참가자의 정보가 엑셀 파일로 일목요연하게 정리되기 때문이다. 댓글로 참가 신청을 받거나 문자, 또는 이메일로 접수 받으면 하나하나 취합해야 하는 에너지와 시간이 들뿐만 아니라 그 과정에서 누락 사고가 일어나기도 하는데, 그 사고를 미연에 방지할 수 있다.

특히 참가자가 누락된 경우, 북토크 시작 전에는 티가 나지 않다가 북토크가 시작되고 나서야 밝혀지는 경우가 많다. 이럴 때는 정말 난감하다. 북토크 진행을 시작해야 할 때 참가자가 전화를 걸어 온라인 접속 링크를 물어보거나 오프라인 장소 위치를 물을 수도 있기 때문이다. 정보를 전달받지 못한 참가자의 입장에서는 그럴 수 있는 일이지만 양측 모두 진땀 나는 순간이다.

북토크 접수를 받을 때는 구글 양식이나 네이버 폼을 적극 활용해 보자. 접수와 동시에 참가자의 정보가 일목요연하게 정리되고 장소 안내와 중요한 공지를 한 번에 할 수 있다. 또한 이미 공유한 정보도 참가자가 언제든 다시 찾아볼 수 있도록 북토크가 끝나기 전까지 공지글을 내리지 않은 것도 중요하다. 행사 당일의 혼선을 줄이기 위해 오프라인 북토크의 경우에는 모집 글에 장소의 주소와 연락처를 적어두자. 온라인 북토크의 경우에는 접속 링크를 이메일 또는 문자로 보낸다는 점도 꼭 적어두자.

그런데 아무리 접수 방식을 간단히 한다고 해도 포기하지 않는 부분이 있다. 바로 사전질문을 받는 일이다. 처음에는 블로그에 올린 북토크 모집 글의 댓글을 통해 질문을 받았다. 그런데 그 접수 과정을 통해 사람들의 마음을 알게 되었다. 간편한 걸 선호하는 만큼이나 때로는 자신의 질문을 남들 앞에 공개하는 것을 쑥스러워하는 보편적인 감정의 발견이었다.

북토크를 진행하기 전에는 북토크에 오는 사람들이 모두 나처럼 질문이 많거나 남들 앞에서 질문하는 일에 스스럼없을 것이라고 생각했다. 책으로 존버하던 시절, 강연장에서 나는 무척 절실한 마음으로 저자에게 질문을 했기에 주변이 보일 리가 없었다. 질의응답 시간이 되면 손을 번쩍 들어 가장 먼저 질문했고 오늘 이 자리까지 왔으니 내가 구하고자 하는 답을 꼭 듣고 가고 싶었다.

그러나 생각보다 많은 사람이 남들 앞에서 자신의 질문을 꺼내 보이는 것을 쑥스러워한다. 그랬기에 어쩌면 나 같은 북토크 진행자가 필요하다. 대신해서 궁금한 것을 질문해 주는 역할에 충실하기 위해서 접수 양식에 사전질문을 꼭 넣어둔다. 저자에게 궁금한 점이나 책의 내용 중 더 깊이 있는 설명이 필요한 부분이 있다면 꼭 남겨주기를. 내가 대신 물어봐 주겠으니 다른 건 걱정 말고 일단 한번 남겨보라는 요청을 한다.

나는 딱히 작가에게 물어볼 것도 궁금한 것도 없다고 말할지도 모른다. 하지만 누구나 자기 자신 안에 질문은 있기 마련이다. 많고 많은 책 중에 그 책을 읽고, 많고 많은 작가 중에 그 작가의 북토크 현장을 찾은 누군가라면 묻고 싶다. '왜 지금 이 자리에 와 계신가요? 왜 정말 이 사람의 이야기가 궁금했던 건가요?' 이 작가 또는 이 북토크에 매력을 느낀 지점부터 나만의 질문을 찾고, 내 안의 그 질문을 드러낼 수 있도록 돕고 싶다. 그런 마음으로 접수 양식에 질문 칸을 넣어둔다.

결과는 어땠을까? 확실히 질문만큼은 공개보다 비공개로 접수할 때 더 많은 사람이 남겨준다. 생각보다 많은 사람이 비슷한 질문을 하기도 하고, 또 같은 책을 읽었음에도 자신이 가진 배경과 시선으로 다채로운 질문을 남기는 사람도 있다. **중요한 질문과 중요하지 않은 질문이 없듯이 가급적 모든 참가자가 남긴 질문에 관한 답변을 다 들을 수 있도록 질의응답 시간을 최대한 속도감 있게 진행한다. 나만의 질문을 품고 그것을 물을 줄 아는 사람들. 그런 사람들은 자기 삶을 보다 주도적으로 살기 위한 방법을 찾**

는 사람들이다. 그 방법을 찾을 수 있도록, 그 방법의 영감과 힌트를 얻을 수 있도록 북토크 참가 신청서에 질문 칸을 넣어둔다. '감사합니다. 어서오세요. 우리 같이 묻고 찾아보아요.' 하는 그런 마음으로 비워둔 공간이 가득 채워지기를 기다린다.

<독서의 기록> 꿈꾸는 유목민 북토크 신청서

6월 17일(토) 오전 10시, 오프라인에서 만나요!
장소 : 북티크 (서울 마포구 독막로 31길 9, 2층)

lululum987@gmail.com 계정 전환
비공개

*표시는 필수 질문임

참가자 성함을 알려주세요. *

내 답변

SNS 활동명을 남겨주세요.   *
(예: 꿈꾸는 유목민, 평범한기적)

내 답변

연락처를 남겨주세요. *

내 답변

<독서의 기록> 저자에게 묻고 싶은 것은?   *
또는 이번 북토크를 통해 꼭 얻고 싶은 것은?

내 답변

너라도 그랬을 거야, 북토크 세팅

'봉테일'이라는 별명이 있을 만큼 디테일의 중요성을 말하는 봉준호 영화감독은 말한다. '가장 개인적인 것이 가장 위대한 것'이라고. 그렇다면 북토크 세팅의 디테일은 어디서부터 시작하면 될까? 그것은 바로 '너라도 그랬을 거야'라는 마음에서부터 시작해보자.

어느 날 멀리 사는 친구가 내가 진행하는 북토크에 와준다 생각하고 현장 세팅을 해보자. 처음 오는 장소이니 상세하고 다정한 장소 안내를 미리 했을 것이다. 그리고 초행길인 친구가 도착했을 때 헷갈리지 않도록 행사장 입구에 유도 사인이나 포스터를 붙여둘 것이다. 보다 편안하게 북토크를 들을 수 있는 의자를 준비하고, 분위기 좋은 음악도 미리 선곡해둘 것이다. 뿐만 아니라 중간에 화장실도 어려움 없이 찾을 수 있도록 친구가 도착했을 때 미리 귀띔해

줄 것이다. 내가 진행하는 북토크를 일부러 찾아준 친구가 입구에 들어서는 순간부터 현장을 떠나는 순간까지 그림을 그리면서 세팅하면 매뉴얼 없이도 현장 세팅을 별 무리 없이 할 수 있다.

가끔 북토크 접수를 할 때 꼭 참석하고 싶다며 아이 동반도 괜찮은지 묻는 참가자가 있다. 아이 대상 북토크가 아니라서 살짝 부담스러울 수 있지만 아이 동반 참가자를 늦둥이를 낳은 내 친구로 생각해보자. 친구이기 때문에 완벽한 준비보다 얼굴 보는 일에 의의를 두게 될 것이다. **즉 완벽하게 준비하지 않아도 괜찮다.** 친구니까 아이의 장난감과 간식을 챙겨와 달라고 편하게 말하고 내가 할 수 있는 최선으로 현장 세팅을 하면 된다. 아마 네가 나였더라도 이 정도의 준비는 했을 것 같은 기준으로 말이다. 딱딱한 테이블 의자보다는 아이와 함께 앉을 수 있는 돗자리를 준비하고, 돗자리 위에 그림책, 스케치북, 크레파스 등을 함께 놓아보자. 때로 아이들은 조물조물 가지고 놀 수 있는 클레이를 놓아주면 긴 시간 엄마 곁에 앉아 잘 놀기도 한다. **이런 작은 배려만으로도 아이 동반 참가자를 환대할 수 있고, 편안한 분위기를 만들 수 있다.**

또한 '기적의 북토크' 현장 세팅의 또 다른 디테일은 명찰이다. 저자와 함께 이야기 나누는 자리, 좋아하는 작가를 본다는 사실에 설레기도 하지만 마음 한편에는 아는 사람 하나 없는 곳에서 뻘쭘하고 싶지 않은 마음이 들기도 한다. 북토크에서는 책 이야기 나누는 게 목적 아닌가? 저자가 책 이야기를 재미있게 해주면 그것으로 된 거 아니냐고 반문할지도 모르겠다. 맞는 말이기도 하다. 그런데 이왕이면 북토크 현장에서만 누릴 수 있는 혜택을 참가자와 저자 모두가 누리기를 바라는 마음으로 좀 더 욕심을 부린다.

북토크의 혜택은 무엇일까? 바로 책에는 없는 내용을 듣는 일이다. 소설의 경우 소설의 모티프가 된 주변 인물의 이야기를 들을 수 있고, 작가가 글을 쓰면서 영감 받은 부분은 물론 고뇌했던 이야기를 들으며 내가 읽은 책에 더욱 빠져들기도 한다. 에세이의 경우 저자가 책의 핵심 메시지를 압축해서 이야기해 주면 책을 한 번 더 읽는 효과도 있다. 그런데 무엇보다 북토크에서의 혜택은 저자와 직접 이야기를 나누는 일이다. 대화를 통해 저자의 삶을 읽기만 하는 게 아니라 공부하고 싶었다. 그때 왜 그런 선택을 했는지, 어떻게 그 행동을 할 수 있었던 건지, 그 질문에 답을 찾고 싶었다. 그렇게 찾아낸 저자의 가르침은 그의 삶뿐만이 아니라 나의 일상에서도 유효했다.

그랬기에 저자와 독자가 더 밀도 있게 이야기 나누는 시간이 되기를 바라고 그 분위기 조성을 위해 명찰을 준비한다. 처음 만나는 사이 이야기가 술술 나오면 좋지만 그렇지 않을 경우 우리에게 필요한 것은 친밀감이다. 그 친밀함의 시작은 서로가 서로의 이름을 다정히 불러주는 순간이다. 오프라인 북토크를 진행할 때 모든 참가자의 명찰을 꼭 만들어 둔다. 북토크 시작 전 리셉션 테이블 앞에 작가와 함께 선다. 참가자의 이름을 묻고 테이블 위에 놓인 명찰을 건네며 작지만 다정한 환대의 인사를 나눈다.

"OO 님이시군요. 어서오세요. 여기 명찰이 준비되어 있어요."

벌거 아닌 명찰을 건네며 서로 뻘쭘하지 않은 인사를 나눌 수 있게 되고, 무명으로 존재하던 참가자의 이름을 불러주는 순간 그의 존재감이 현장에서 나타나기 시작한다.

"아, OO 님이시군요! 드디어 뵙네요!"

많고 많은 책 중에 같은 책을 읽었다는 것은 취향과 삶의 결이 비슷하다는 뜻인데, 명찰을 주고받으며 서로 이름을 부를 때 참가자끼리 교류가 절로 일어나게 된다. 평소 온라인상으로만 교류하던 참가자들끼리 북토크 현장에서 반갑게 만나 인사를 나누기도 하고, 그렇게 되면 둘 사이는 더욱 친밀해진다. 북토크 성공 여부와 별개로 그 둘에게 오늘의 북토크는 이미 특별한 순간이 된다.

명찰을 준비하는 일은 북토크 진행자에게도 많은 이점이 있는데 어떤 사람이 실제로 참석해주었고, 그 사람은 어떤 사람인지 좀 더 쉽게 파악할 수 있게 된다. 그러면 가식 없는 친밀함이 표현되고 그 친밀함을 바탕으로 현장에서 더 많은 질문과 심도 있는 이야기를 나눌 수 있게 된다. 또한 북토크 진행을 앞두고 자꾸 긴장될 때, 오늘 처음 만났지만 명찰에 적힌 이름을 보며 웃는 얼굴로 인사를 미리 나누고 나면 진행할 때 그분들이 엄마 미소를 가득 품은 채로 웃어준다. 절로 긴장이 풀어진다.

진행자와 참가자 사이만 그런 게 아니다. 명찰은 저자와 독자 사이 정보의 비대칭도 해소해준다. 독자는 당연히 저자를 알지만 저자는 참가자 전부를 알지 못한다. 그러나 때로 그 자리에 자신의 오랜 독자가 참석해주기도 하고, 그 사람의 이름은 알지만 얼굴을 몰랐던 경우 명찰을 보고 그 독자가 자리해준 걸 알게 되면 어떤 마음이 들까? 늘 나의 이야기에 귀 기울여주는 사람이 함께해준다는 생각에 긴장도 풀리고 다른 곳에서는 하지 않았던 이야기도 술술 나오지 않을까? 그렇기에 명찰은 저자, 독자, 그리고 진행자인 나에게도 참 좋으면서도 간단한 현장 세팅 방법 중 하나이다.

그런데 때로는 참가자 중 명찰을 달아달라는 요청에 당황하는 사람도 있다. 내향적 성향의 참가자는 낯선 사람 가득한 북토크 현장에서 굳이 자신의 이름을 밝히고 싶지 않을 수 있다. 충분히 이해한다. 그래서 강요 대신 부탁을 드린다. 그러나 극 I형이라도그 자리에 온 나에게 건네는 반가운 인사를 싫어하진 않는다. 명찰을 건네며 성향을 파악하고, 가벼운 목례 등 적절한 환영 인사를 건네며 좀 더 편안한 마음으로 북토크 현장에 머무를 수 있도록 도울 수 있다. 물론 그런 경우를 대비해서 실명보다는 활동명이 적힌 센스있는 명찰을 준비해둔다.

내가 기획한 행사에 와주는 사람은 내가 하는 일을 기억하고 참여해 주는 사람이다. 나와 결이 맞는 그 사람을 맞이하는 일은 중요하다. 좋은 인연이 될지 모르는 그 사람을 참가자 중 One of them이 아닌 The only one으로 만들어 보자. 북토크는 두 시간 정도면 끝나지만 서로가 서로의 이름과 함께 나눈 이야기를 기억할 때, 서로의 활동을 기억하고 응원할 때, 그 인연은 북토크 이후에도 이어진다. 실제로 북토크에서 만난 인연과 한 마을에서 이웃으로 살게 된 나라서, 북토크 현장 속 연결의 기쁨을 일상에서도 가득가득 누리는 나라서 북토크 참가자끼리의 밀도감을 높여주는 명찰은 각별한 현장 세팅 방법이고 북토크를 시작하는 여러분에게 꼭 권하고픈 세팅법이다.

진행은 배우는 게 아니라 경험

진행은 배우는 게 아니라 경험이다. 사람마다 경험치가 다르듯, 각자 풀어갈 수 있는 진행 스타일도 다르다. 북토크 진행 순서는 물론 큐시트를 미리 작성해 일관된 순서로 안정감 있게 북토크를 진행할 수도 있고, 대략의 순서만 정한 후 저자와 자유롭게 이야기 나누며 현장감을 살리는 진행 방식도 있다.

그 두 가지 방식을 모두 좋아한다. 아니 실은 그것보다 나와 북토크를 해주는 저자가 원하는 진행 방식이면 무엇이든 좋다. 나는 북토크에 두 명의 주연배우가 있다고 생각하는데 바로 독자와 저자이다. 두 배우 모두 만족하는 북토크를 진행하려고 노력하지만 그래도 어느 쪽에 좀 더 비중을 두냐고 묻는다면 저자이다. 51대 49 정도로 저자의 편에 서는데 그 이유는 분명하다. 북토크 현장에서 그 누구보다 저자가 즐기기를 바라는 마음 때문이다.

책을 출간한 저자가 도서관, 서점, 또는 지향점이 명확한 커뮤니티에서 북토크를 할 때는 그 단체의 성격에 따라 북토크를 기획해야 한다. 그렇기에 '기적의 북토크'에서 만큼은 저자가 독자와 소통하고픈 방식으로 북토크를 이끌어가는 일에 도움이 되고 싶다. 책을 쓰면서 독자들과 나누고 싶었던 이야기를 마음껏 나누는 자리, 독자들과 꼭 한 번은 해보고 싶었던 진행 방식을 시도해보는 자리가 되면 좋겠다. 그 자리가 보다 편안할 수 있도록 돕는 일이 바로 북토크 진행자의 역할이라고 생각한다.

이왕이면 이번 북토크가 저자의 책 홍보와 향후 행보에도 도움될 수 있도록 북토크 진행을 앞두고 저자와 긴 대화를 나눈다. 대화를 통해 서로 생각나는 북토크의 모습과 바라는 것을 정리해 둔다. 같은 책을 읽어도 사람마다 인상 깊은 구절이 다른 것처럼, 같은 책으로 북토크 기획을 한다고 해도 진행자와 저자가 그리는 북토크의 그림이 다를 수도 있다. 책을 여러 번 읽었기에 이미 잘 알고 있는 저자라 해도 원고를 쓸 때와 출간한 이후의 생각이 달라지는 경우도 있다. 세부적인 북토크 진행 방식을 정하기 전 다음과 같은 문항을 활용해 저자와 사전 미팅을 진행한다.

1. 이번 북토크에서 바라는 점은 무엇인가요?
2. 이번 북토크를 앞두고 염려되는 것은 무엇인가요?
3. 원하는 북토크 진행 순서 또는 방식이 있나요?

이 문항을 저자에게 먼저 물어보기 전, 진행자인 내가 이번 북토크 진행을 통해 얻고 싶은 점, 염려되는 점, 그리고 원하는 진행 순서와 방식을 먼저 정리한 후 저자에게 이메일로 보낸다. 그러면 저자도 나의 예시를 보고 북토크를 앞두고 품었던 기대와 막연한 두려움을 직접 작성하며 또 한 번 정리한다. 당연히 정돈된 상태에서 나누는 대화는 더욱 솔직한 대화를 이끌어 준다. 서로가 원하는 것을 분명히 나누고 나면 북토크 진행 방식은 절로 정해진다. 또한 단순히 사무적으로 콘셉트를 정하고, 순서를 정하는 것이 아니라 서로의 생각을 먼저 나누는 동안 친밀감과 신뢰감도 전보다 깊어진다. 그렇게 쌓인 친밀감은 현장에서도 어김없이 발현되는데 서로를 이해하고 존중하는 분위기 속에서 진솔한 질문과 답변을 나눌 수 있고, 때로는 진행자와 저자 사이의 티키타카가 재미있게 발현되기도 한다.

이렇게 독자보다 저자 위주로 북토크의 큰 얼개를 짰을 때 큰 만족도를 느끼는 사람은 북토크의 또 다른 주연, 독자이다. 저자가 편안하고 즐거울 때 분위기는 무르익게 되고 별거 아닌 질문에도 저자의 사적인 답변을 들을 수 있기 때문이다. 비대면이 하나의 노멀로 자리 잡은 시대에 굳이 오프라인 현장을 찾아준 독자들이 원하는 건 유튜브를 켜면 늘 반복 재생되는 저자의 이야기가 아니다. 그 현장에서만 들을 수 있는 이야기, 현장에서 직접 묻고 대답하며 나누는 이야기, 그리고 지금 나에게 꼭 필요한 이야기이다. 그렇기에 북토크에서 먼저 저자가 편안함을 느끼도록 돕고 그 분위기를 통해 독자의 만족을 끌어내는 것이 바로 북토크 진행의 핵심이라고 생각한다.

그 핵심을 지니고 북토크를 진행한다면 진행 형식은 사실 그렇게 크게 고려하려나 걱정하지 않아도 된다. 그래도 안정감 있는 진행을 위해 큐시트를 작성하는 것을 권한다. 저자와 사전에 정한 북토크 진행 순서를 좀 더 세분화해서 큐시트를 만들어 두면 세상 든든한 무기가 된다. 이 글의 끝에 북토크 큐시트의 예시를 실어두었다. 그러나 큐시트를 달달 외우는 것은 추천하지 않는다. 외우기도 힘들뿐더러, 큐시트 대로 흘러가지 않으면 당황하기 때문이다. 그러므로 큐시트는 북토크의 흐름을 기억하는 정도로 활용하는 것이 딱 좋다. 큐시트를 보며 굵직한 순서와 키워드 정도만 암기해도 자신감 있고 매끄러운 진행을 할 수 있다.

그런데 혹자는 이렇게 물을지도 모르겠다. '그래도 그렇지, 진행이 어디 쉽나요? 무슨 말을 해야 할지도 모르겠고, 또 자꾸 빨개지는 얼굴은 어떻게 하나요?'라고. 믿을지 모르겠지만 사회 초년생 시절까지만 해도 나 역시 남들 앞에 절대 서지 못 하던 사람이었다. 진행도 진행이지만 금세 빨개지는 얼굴 때문에 누구 앞에 선다는 건 상상도 못 할 일이었다. 그런데 분명한 점은 진행도 경험이라는 점이다. 늘 쉬운 것도 아니고, 계속 어려운 것도 아닌 게 진행이다. 귀가 빨개진 채로 계속하다 보면 채워지는 것이 분명 있다. 그러니 한 번 못했다고 좌절하지 말고 진행의 경험을 지속해서 쌓아가는 것이 중요하다.

자꾸 빨개지던 얼굴을 극복하기 위해 내가 했던 세 가지의 방법이 있다. 그중 하나는 초반 인사말을 달달 외우는 일이었다. 진행은 초반의 매끄러움이 중요하다. 즉 초반에 버벅거리면 그로 인한 자괴감으로 마지막까지 망치게 되는데 그것을 방지하기 위해 초반의 인사말을 계속 연습했다. 잠잘 때 누가 톡 건드려도 "북토커, 이병! 강민정!"처럼 튀어나올 수 있을 만큼 인사말과 저자 소개를 달달 외우고 북토크 현장으로 가는 차 안에서도 계속 연습하며 입에 딱 붙여둔다. 그렇게 외워둔 멘트를 장전하고 북토크를 시작하면 내 볼을 빨개지게 만드는 자신과의 기 싸움에서 기선제압을 하게 되고 자신감 있게 시작한 후에는 미리 뽑아둔 북토크 큐시트와 사전질문지를 무기 삼아 진행을 이어갈 수 있다.

두 번째는 인사말을 하는 내 모습을 촬영해서 확인한다. 나의 진행을 내가 보는 것이 최고의 진행 연습이다. 생각보다 말이 빠르고 손을 산만하게 움직이는 등 나만 아는 단점을 하나씩 고칠 수 있다. 또한 실수뿐 아니라 잘하는 점도 찾을 수 있어서 자신감도 챙길 수 있다.

세 번째는 현장에서 진행할 때 지금 내가 무슨 말을 하고 있는지 내 목소리를 직접 들으면서 말을 한다. 그냥 외운 것을 뱉어내기보다 말을 함과 동시에 내 목소리를 듣는 귀를 활짝 열어두는 것이다. 이렇게 내 말을 들으면서 말하면 중언부언하는 일을 줄일 수 있게 되고, 목소리 톤과 강약을 조절하게 되며, 전해야 하는 말을 빼먹지 않게 된다. 아나운서로 활동했던 지인이 알려준 말 잘하는 법이었는데 꼭 한번 해보길 추천한다.

마지막으로 진행을 어려워하는 사람에게 해주고픈 말이지만 너무나 당연해서 조금은 시시할지도 모를 말을 하자면, 진행이 숙련되는 일에는 당연히 시간이 필요하다. **처음부터 능숙하게 잘하려는 기대는 살짝 내려놓고 뚝심 있게 자주 진행하는 것이 진행 실력을 가장 빨리 늘리는 방법이다.** 저자와 참가자의 작은 태도나 뉘앙스에 일희일비하기보다 진행의 경험을 쌓아가보자. 타인에 대한 기대와 나 스스로에 대한 기대치로부터 조금 떨어진 채로. 작은 피드백에 상처받지 말고 꾸준히 진행해보는 것이 진행을 잘하는 유일하면서도 가장 확실한 방법이다.

북토커 평범한기적의 Tip. 북토크 큐시트 예시

언니들의 마음 공부 : 부모편, 오소희 작가님 북토크 큐시트

Timetable

시간	순서	세부사항
9:00~10:00	세팅	외부 세팅: 포스터 설치, 엑스배너 설치, 입구 안내 발도장 입구 세팅: 참석자 명단, 사인 도서, 명찰, 네프콘 쿠폰, 북마크 판매대 세팅: 책상, 책, 판매금액 안내글 내부 세팅: 좌석 정리, 이벤트 보드 세팅, 다과, 이젤 무대 세팅: 의자 2개, 마이크 2개, 테이블, 엑스배너, 독자 마이크 준비, 물 화장실 점검 (휴지 여부)
	리허설	빔프로젝터 음량 체크 오프닝 영상 체크 마이크 볼륨 체크 조명 위치 체크 BGM
10:00~10:30	최종 점검	리허설
10:40	입장	입장, 명단 체크, 책과 선물 수령, 착석 안내, 시작 5분 전 자리 착석 안내
11:00~11:10	오프닝 영상 및 개회	
11:00~11:15	사회자 입장 및 작가님 입장	사회자의 소개로 시작, 작가님 소개 및 입장
11:15~11:35(20분)	책 이야기	사회자와 작가님의 토크 시작(질문 및 대화)
11:35~11:45(10분)	낭독	작가님이 픽한 부분 낭독
11:45~12:05(20분)	오소희의 속전속결 5분 진단과 처방	사전에 질문 받은 내용에 관해 작가님의 짧은 진단과 처방(2명~3명)
12:05~12:10	작가님과 통화를!	작가님과 통화권 얻기, 현장 접수 받아서 진행
12:10~12:15	베스트 드레서 선정	책 표지와 깔맞춤 베스트 드레서 선정
12:15~12:20	작가님의 마무리 인사	마무리 인사
12:20~30	잠시 쉬는 시간	1부 마무리 멘트, 2부 안내

준비물	BGM & 영상	조명	기타사항
포스터			
엑스 배너			
판매 안내 종이(작게)			
참석자 명단&펜			
사은품		장소 조명	
선생님 음료(물, 커피, 간식)		확인 필요	
독자 다과			
양초 조명			
스태프 목걸이			
사진 질문 보드판			
무대 마이크 2개			
무대 바의자 2개			
간이 탁자 준비			
	오프닝 BGM & 오프닝 영상		수오서재 요청
	BGM		
사인본 선물 준비	사연 읽을 때만 BGM		
독자 마이크 준비			
독자 마이크 준비	BGM		
	쉬는 시간 BGM		

북토크에 엄마들이 많이 오나 봐요?

'니아'를 만났다. 서울에서 오랜 시간 독립 큐레이터로 활동해온 니아는 앞으로 제주에 생길 '전환학습 공유지 조성 사업'을 기획 중이다. 즉 제주에 사는 다양한 사람들을 만나 이야기 들으며 공간을 기획 중인데, 나의 북토크 활동에 관한 이야기를 듣고 싶다고 했다. 평소 친분이 있던 홈스쿨링 하는 친구도 함께 참석한다고 했다. 뭔가 미래지향적인 느낌이라서 가지 않을 이유가 없었다. 니아는 나와 친구를 Social Schooler Team이라고 칭해주었는데, 오, 역시! 이름부터 뭔가 느낌이 팍 오잖아.

그 자리에 가기 위해 감자와 단호박을 삶아 도시락을 쌌다. 숨겨두었던 토이 스토리 스티커북과 스케치북도 챙겼다. 그 시절 유치원생이던 평화와 깍지 낀 손을 흔들며 제주창조경제혁신센터로 향했다. 평화의 발걸음도 가벼웠다. 오랜만에 만나는 홈스쿨러 친구의 아이들과 놀 생각에 신이 난다고 했다. 공유 오피스로 꾸며진 공간에 입장하던 순간 멈칫했다. 친정에 온 듯한 느낌이었다. 단정한 오피스 공간, 에어컨의 시원한 냄새, 큰 창을 통해 들어오는 너른 책상 위로 쏟아지는 햇살. 한때 나의 일터이자 삶의 전부라 여겼던 사무실과 닮은 공간에 들어서자 마냥 마음이 들뜨고 반가웠다. 그래서였는지 사석에서 처음 만나는 니아였지만 술술술 이야기가 흘러나왔다.

오늘의 만남은 오프라인 공유지 구축을 위한 인터뷰였지만 그 공간에서 일어나는 실제 배움을 온라인으로 구축하는 일에 더 중점을 두고 있다며 니아는 자신의 일을 설명해 주었다. 문득 그녀에게 질문했다.

"지금 기획 중인 전환 공유지가 마치 미네르바 대학 같은 건가요?" 그러자 반가운 답을 들었다. "미네르바 대학은 직업을 목표로 한다면, 전환 공유지는 '나다움'을 목표로 해요. 나를 알고 나를 세울 수 있으면 그 이후의 길은 스스로 찾기 마련이니까요."

니아도 문득 나에게 물었다. "북토크에 엄마들이 많이 오나 봐요?" 편안하게 이야기 나누는 자리였지만 이 질문에는 쉽게 답하고 싶지 않았다. 딩크족의 삶을 선택한 니아가 나의 경험에 애정과 관심을 갖고 물어보는 질문이기에 보다 잘 전하고 싶었다. 잠시 대화를 멈추고 생각을 정돈했다.

"옆에 앉은 친구랑 저는 동갑이에요. 80년대생들이 40대에 접어들었죠. 이제 어느 정도 집중 육아를 마친 시기라서 제가 진행하는 북토크에 제 또래 엄마들이 많이 와주세요. 물론 여전히 아이들은 어리지만 한창 손이 많이 가는 시기는 분명 지났으니까요. 그래서 저는 앞으로가 더욱 기대돼요. 저희 이제 아이들 다 키웠거든요. 그 시간을 지나온 우리가 앞으로 우리를 키울 시간이 설레고, 아이를 키워본 경험으로 무엇이든 못 키울까 싶어서 절로 기대가 되어요."

또한 아이 동반 북토크에 엄마들이 와주는 이유 중 하나를 니아에게 전했다. 그것은 바로 어떤 방식으로든 나의 부모보다는 더 나은 방식으로 아이를 키우고 싶고, 더 나은 부모가 되기를 바라는 엄마들의 마음이다. 입시 교육이냐 전환 교육이냐는 선택의 문제일 뿐, 적어도 아이가 속상해할 때 아이의 감정을 알아주고 싶고, 어제는 버럭 화를 냈을지언정 오늘은 어제보다는 좀 더 나은 모습의 부모가 되기를 바라는 사람들이 북토크에 와준다고 생각한다. 그 방편으로 책을 읽고, 작가와의 만남을 통해 질문하고 서로의 생각을 교류하며 결국 스스로 그 답을 찾아가는 사람들이 온다고. 옆에 앉은 친구와 내가 북토크에서 처음 만났던 것처럼 그런 교류를 할 수 있기에 북토크에 엄마들이 많이 와주는 것 같다고 대답했다.

앞에서도 말했지만 아이를 어떻게 키울 것인가는 어떤 삶을 살 것이냐는 질문과 뗄 수 없는 관계이다. 그렇기에 자식을 향한 사랑

만큼이나 내 삶을 사랑하고, 더 나은 내가 되고픈 엄마들이 북토크를 찾아온다고 믿는다. 더 나은 나를 만들어 주는 일 중 독서만큼 쉬우면서도 효과적인 것이 또 있을까? 게다가 북토크는 책을 미리 읽었든 읽지 않았든 그 현장에 오기만 해도 책 한 권 이상의 이야기를 들을 수 있는 자리이다.

내가 북토크를 하는 이유가 아닌 엄마들이 북토크에 오는 이유에 관한 질문이라서 더 오래, 더 신중하게 이야기를 나누었다. 마치 내가 무슨 북토크 당원이라도 된 듯, 말하는 동안 목소리에 은근히 힘이 들어갔다. 실은 내심 뿌듯했다. 그날은 마치 아무도 모르게 내가 할 수 있는 일 중 가장 멋진 일을 하고 집으로 돌아온 날 같았다. 그동안 무수히 강연장을 찾아가던 나와 강연장에서 만났던 많은 아기 엄마들의 마음을 대변해 준 일이었기 때문이다.

그래, 거기 내가 있었어. 내가 있었고, 옆자리에 함께 앉아준 엄마들이 있었어. 소소하기 그지없는 북토크 현장. 각자 만 원씩 참가비를 모아 저자를 모시고 강연을 진행했던 자리. **근사한 소파나 테이블이 아닌 차가운 바닥 위에 깔아둔 돗자리가 전부였어도 훈훈했던 눈빛과 오고 가던 온기. 아이들에게 젖을 물리며 우리의 영혼도 살이 찌던 시간이었다.**

눈 씻고 찾아봐도 엄마들의 자리는 안 보였기에 강연장의 바닥에서부터 우리는 시작했다. 거창한 행복보다 경쾌한 행보에 방점을 찍으며 돗자리를 깔고 삼삼오오 아이와 모여 앉아 북토크를 이어가던 그 자리에 늘 나와 같은 엄마들이 있었다. 그랬기에 "북토크에 엄마들이 많이 오나 봐요?"라는 질문에 자신 있게 대답했다. "그럼요. 우리는 늘 이곳에 있었던 걸요? 그리고 앞으로도 그럴 거랍니다."

모든 이야기를 마치고 헤어질 때 니아가 악수를 청했다. 그녀의 악수에 응하며 인사를 건넸다.

"오늘 엄마들의 이야기를 들어주셔서 감사합니다!"

니아도 나도 환하게 웃었다. 집으로 돌아오던 길, 무심코 올려다본 하늘에 낮달이 떠 있었다. 구름에 가려져 있을 뿐 늘 그 자리에 존재하던 낮달. 그 달이 마치 그간 내가 만났던 엄마들 같았다. 그녀들에게 들리지 않아도 전하고픈 마음을 말하며 걸었다. 그동안 북토크에 와주어서 정말 고마웠다고. 늘 그 자리에 있어 준 덕분에 오늘 우리의 이야기를 전할 수 있었다고. 속으로 말하고 또 말하며 딸아이와 손을 잡고 낮달 아래를 걸었다. 한낮에 품은 빛으로 깜깜한 밤하늘을 비춰주는 낮달처럼. 엄마들로 인해 채워진 내 안의 빛도 그렇게 쓰일 수 있기를 소망하며.

함께 책을 읽고,
함께 생각하고,
함께 나누고 싶었다.

한 권의 책으로부터 시작된 일이
책과 사람은 물론
사람과 사람을 연결하는 일이 되었고
그 일을 지속하며
저자와 독자가 함께 만든 작은 세상에는
평범하지만 기특한 기적이 늘 가득했다.

그 경험이 말해준다.

어쩌면 기적은
함께 손잡았던 순간 이미 시작된 거라고.
조용하고 위대하게

그렇기에 기적을 바란다면 지속하라고.
고요하게 뚜렷하게

그러면 결국 기적도 평범해진다고.

Bonus

내 책을 홍보하기 위해
알아두어야 할 것들

"기적! 나 드디어 계약했어!"

기차가 힘차게 기적소리 울리며 돌진하듯, 꿈 여행 학교에서 함께 꿈 지도를 그린 후 그 꿈을 향해 돌진하던 샨티가 행복한 비명을 질렀다. 출간계약이 성사된 것이다. 그 꿈을 위해 얼마나 성실히 달려왔는지 누구보다 잘 알기에 기쁜 마음으로 축하하며 우리 둘은 머리를 맞댔다. 『엄마표 발도르프 자연육아』 원고를 쓰는 틈틈이 출간 홍보 전략을 짜기 위해서다.

출간 경험이 있는 작가라면 이 고난의 시기를 모두 경험해보았을 것이다. 책 출간을 향해 달리는 시기. 끊임없이 원고를 고치고 또 고치는 작업과 함께 끝없는 자기 검열과 싸우게 되는 시기이다. 또 한편으로는 다른 모든 매력적인 일을 제쳐두고 글 쓰는 수도승이 되어야 하는 시기이기도 하다.

그럴 때 어쩌면 이런 생각이 들지도 모른다. '출간만 해봐라. 출간 이후에는 하고픈 것 다 해버릴 거야.' 마치 다이어트 중이지만 다이어트를 마친 후 먹고픈 음식의 리스트를 작성하듯, 책 출간 이후 하고픈 일을 바쁘게 계획해 둔다. 내 친구가 출간을 앞둔 저자라면 난 진심으로 말릴 것이다. 출간도 중요하지만, 출간 이후 두 달까지가 정말 중요한 시기이다. 이왕 쓴 책, 열심히 홍보해서 책도 많이 팔아야 하고, 그 과정을 통해 1인 브랜딩의 괄목적인 성장을 만들 수 있는 시기이기 때문이다.

출간도 중요하지만, 출간 이후의 행보도 중요하다. 그러기 위해 필요한 것은 바로 체력과 에너지의 안배다. 그러니 섣불리 이런저런 스케줄을 잡아두기보다 홍보와 관련된 활동에 집중할 수 있도록 가급적 일정을 비워두는 것이 좋다. 이런 이야기를 들은 샨티가 말한다.

"기적, 나 이런 말이 진짜 필요했어! 출간이 처음이라 잘 몰랐는데 하마터면 너무 많은 일을 벌여 놓을 뻔했네. 이런 출간 코칭 너무 좋다. 좀 더 해줘 봐."

자고로 인간은 인정과 감탄을 받을 때 더 부응하고 싶어지는 법이다. 나의 작은 조언에 이렇게 물개박수를 쳐주니 내 어찌 가만 있을 텐가. 북토크 진행자로 시작한 일이 초보 작가의 북토크 코치로 확장된 지금, 그간 책을 출간한 초보 작가와 쌓아온 소소하지만 분명했던 경험 보따리를 풀어본다. 바로 지금 이 책을 읽고 계신 지적이고 고매한 독자이자, 예비 저자님을 위하여.

출간 전 해야 하는 일은 글쓰기가 전부가 아니다!

출간계약을 완료했다면 그때부터 꼭 시작해야 하는 일이 있다. 바로 모든 공력을 동원하여 자신의 SNS 채널을 활성화하는 일이다. 대부분의 작가는 계약 이후, 초고를 완료하고 초고가 완료된 후에는 좀 더 글을 다듬는 퇴고의 과정을 거친다. 그렇게 완성한 글을 출판사에 넘긴 후, PC 교정본, 디자인 시안 작업, 인디자인 교정본, 가제본 출력, 최종 교정본 등의 절차를 거쳐 한 권의 책이 나온다.

디자인 시안이 나오기 전 살짝 여유 있는 시기! 이때야말로 SNS 운영에 열을 올려야 하는 시기이다. 내 책을 잘 판매하고 싶다면 말이다. 이 부분을 강조하는 이유는 이렇다. 초보 작가의 경우 책이 나오면 어느 정도는 스스로 팔릴 거라고 막연히 생각한다. 특히 규모가 있는 출판사와 계약을 한 경우 출판사에서 홍보해줄 거라는 기대를 조금은 하게 된다. 물론 출판사의 마케팅 부서에서도 홍보를 전개한다. 그런데 자신이 출판사의 대표 저자가 아니라면 형식적인 홍보 외 지속적인 홍보 활동은 거의 하지 않는다. 무엇보다 내 글은 내가 잘 아는 법. 나의 글에 귀 기울여줄 독자가 모인 커뮤니티를 찾고, 그들과 보다 적극적으로 소통할 때 그들이 정말로 내 책을 사준다. 특히나 출판 후 한 달은 정말 중요한 시기이기에 옷깃만 스친 인연에게도 책 출간 소식을 알리며 호기롭게 책 홍보 이벤트를 제안해보기를 바란다.

그런데 난 이미 어렵다는 생각이 든다면, 방법은 두 개다. 하나는 인스타그램 @booktalker_miracle을 검색해서 필자에게 연락을 하는 것이다. 소정의 진행비를 내고 함께 북토크를 기획해보자. 또 다른 방법은 계속해서 이 책을 읽고, 직접 실행하고, 수정하며 전진하는 방법이다. 출간이 임박했을 때 해야 하는 일은 바로 다음과 같다.

일단 잠을 푹 잡시다

초보 작가라면 첫 책이 나오기 전까지 무척 바쁘다. 몇 번을 보고 또 봤지만 매끄럽지 못해 고치고 싶은 부분이 자꾸 눈에 들어오기 때문이다. 내가 죽더라도 이 글은 남을 테니까 소리 내어 읽고 또 읽으며 '은, 는, 이, 가'와의 싸움을 이어간다. 마치 개미구멍에 빠진 듯 퇴고를 이어가다 보면 수시로 잠을 거르게 된다.

그럴 때일수록 하루 루틴을 이어가는 것이 무척 중요하다. 정해둔 시간에 글을 쓰고 정해진 시간에 수면을 취해야 다음날 글도 더 잘 써진다. 또한 출간만큼이나 중요한 책 홍보를 위한 SNS 운영도 규칙적으로 이어갈 수 있다. 누구나 책을 낸다고 하지만 아무나 책을 내는 것은 결코 아니다. 원고 다듬기만큼이나 그 이후 주어지는 저자 강연, 라디오나 팟캐스트 등 매체 출연 제안을 좋은 컨디션으로 완주할 때 출간이라는 일생일대의 사건에 대한 기억도 뿌듯하게 남길 수 있다. 그런 제안이 없을 것 같다면 스스로 만들어야 한다. 그렇기에 꼭 당부하고 싶다. '초보 저자님, 출간을 앞두고는 꼭 주무셔야 합니다.'

내 책을 홍보하는 스무 가지 방법!

다음은 '내 책을 홍보하는 스무 가지 방법'이다. 각 단계별로 정리하였으니 순서대로 진행해도 좋고, 가장 끌리는 것부터 시도해봐도 좋다. 그중 몇 가지라도 해보자. 감정은 사라지고 결과는 남는다는 명언과 함께, 내 책이 베스트셀러가 되고 중쇄를 찍기를 바란다면 아무것도 안 하고 후회하기보다 무모해지는 것을 선택해보기를 권한다. 출간이 임박했을 때 주변에 책 출간을 알리기 좋은 소소한 이벤트는 다음과 같다.

① **책 표지 선정 이벤트**는 요즘 SNS상에서 출간을 앞둔 저자라면 누구나 하는 이벤트이다. 예비 독자들의 확실한 반응을 얻을 수 있는 이벤트일 뿐만 아니라 실제로 표지 선정에 도움이 되는 이벤트라서 꼭 해보길 권한다.

반면 책 제목 초성 퀴즈와 출간 일기 연재는 생략하는 저자도 있는데 난 이왕이면 둘 다 해보기를 권한다. 성공하는 마케팅의 제1 법칙은 바로 노출이다. 별로 살 생각이 없었고, 딱히 궁금하지도 않는데 자꾸 눈에 보이고 귀에 들리면 궁금해지는 것이 사람의 심리이다. 책도 마찬가지이다. 처음부터 구매를 공략한 핵심 독자가 있는가 하면 확산 독자가 존재한다. 누가 대신해서 내 책을 홍보해 주지 않고, 무턱대고 책을 사달라고 말하기 쑥스러울 때 이런 소소한 이벤트는 핵심 독자는 물론 확산 독자에게 내 책을 알릴 수 있는 좋은 기회가 된다.

② **책 제목 초성 퀴즈 이벤트**를 진행하는 방법은 간단하다. 표지 디자인이 끝나면, 저자의 SNS를 통해 책 제목 중 직관적으로 알 수 있는 단어를 퀴즈로 낸다. 예를 들어, 『시간부자의 하루』의 경우, 저자는 『시간부자의 ㅎㄹ』를 퀴즈로 내고 맞춘 사람에게 에너지 드링크, 편의점 쿠폰 같은 소소한 선물을 보내주었다. 단 이벤트를 할 때는 선착순보다는 뽑기 방식이 좋다. 선착순의 경우 이미 이벤트에 신청한 사람이 있으면 이벤트 참여 의지가 급감하기도 하고, 당첨자를 뽑는 과정을 하나의 피드로 소개하며 출간 임박 소식을 한 번 더 SNS에 노출할 수 있다.

마지막으로 ③ **출간 일기 연재**가 있다. 생각보다 많은 저자가 이 이벤트를 생략하는데, 그 이유 중 하나는 '누가 내 이야기를 궁금해할까?'라고 지레짐작하기 때문이다. 그런데 출간을 앞둔 저자의 이야기를 궁금해하는 사람이 존재한다. 바로 앞으로 저자가 되고픈 사람들이다. 투고를 위해 가장 많은 책을 사보는 사람들도 그들이고, 요즘 신간을 무척 궁금해하는 사람도 그들이다. 출간 일기는 그들에게 '투고 합격 수기'와 같다. 수험생이 합격 수기를 읽는 이유는 무엇일까? '그냥 공부하고 시험 잘 본 것이 전부예요.'가 합격 수기의 전부가 아니기 때문이다. 어떤 과목은 어떤 식으로 공략했고, 체력 관리와 멘탈 관리는 어떻게 했는지 지극히 개인적이지만 그만큼 세밀한 팁이 수기 안에 오롯이 담겨있다. 그러므로 출간 일기는 그 자체로 매우 가독성 있는 글이자 책 출간을 알리는 수단이 된다. 면접을 앞두고 면접 합격기를 한번쯤 읽어본 사람이 바로 나라면? 출산을 앞두고 그 병원의 출산기를 읽어본 사람이 바로 나였다면? 자, 그럼 이제는 출간 일기 연재를 시작할 타이밍이다.

혹, '출간 연재 일기를 어떻게 써야 할지 모르겠다면, 합격 수기 중 최우수 합격 수기를 참고해보기를 권한다. 다양한 출간 일기가 있지만, 그중 『작고 단순한 삶에 진심입니다』의 류하윤, 최현우 저자의 출간 일기를 추천한다. 저자의 블로그를 오랫동안 구독해왔지만 책을 쓰고 있는 줄은 몰랐었다. 연재 일기를 통해 출간 소식을 알게 되었다. 그 후로 저자는 왜 책을 쓰기로 했고, 어떤 과정을 거쳐 계약했는지, 퇴고를 어떻게 했는지 등 총 10편의 글로 출판 과정을 세세하게 연재하였다. 특히 류하윤, 최현우 저자의 경우는 투고가 아닌 출판사로부터 출간 제안을 받았는데, 실제 출판사에서 전달한 기획서가 그대로 소개되어 있다. 심 봤다!를 외치고 싶은 순간이었다. 그때 나는 투고를 앞두고 있었기에 출판사에서는 실제로 어떤 형식의 기획서를 쓰는지를 살펴볼 수 있었고, 긁 읽는 재미는 물론 정보성을 두루 갖춘 출간 연재 글로 손색이 없었다. 총 10편의 글을 읽는 동안 두 사람의 삶이 담긴 책을 더욱 기다리게 되었다. 진정성이 가득 담긴 출간 일기 끝에 걸린 예약 판매 링크를 기꺼이 눌렀고, 책의 배송을 기다렸다. 당연히 사전에 공지된 저자의 북토크 일정도 체크해 두었다.

이 시점부터 같이 진행하면 좋은 책 홍보 방법이 있다. ④ **북 트레일러 영상 촬영**이다. 책 소개 영상을 북 트레일러 영상이라고 하는데, 책 소개를 글로 읽는 독자도 있지만, 저자 인터뷰와 책 내용의 일부가 영상으로 담긴 책 소개를 '보는' 독자도 존재한다. 북 트레일러 영상의 경우 출판사에 예비된 마케팅 비용으로 외주 촬영을 하기도 하지만 저자가 직접 핸드폰으로 촬영 후 편집해서 제작하는 방법도 있다. 외주 제작의 장점은 전문적인 영상의 결과물이지만 단점은 저자가 직접 촬영하는 것보다 아무래도 딱딱한 분위기로 촬영을 하게 되는 점이다. 이런 경우 그 영상은 저자에게 흑역사로 남기도 한다. 반대로 말하면 저자가 직접 책 홍보 영상을 제작하면 더 진솔하고 인상 깊은 책 소개가 가능하다. 그러니 다음의 예를 보고 도전해보면 어떨까? 저자가 직접 촬영한 책 소개 영상의 예로 출판사 수민문화의 책 『SEIZE THE MOMENT』 책 소개 영상을 소개한다.

출간이 임박했을 무렵, 내 책을 홍보하는 좋은 방법 중 하나는 ⑤ **보도자료 배포**이다. 책 소개가 담긴 보도자료는 보통 출판사에서 이미지, 또는 카드 뉴스 형식으로 만든다. 그 후 언론사별로 신간을 소개하는 기자의 이메일로 보도자료를 전송하는데 혹시 출판사의 도움을 받을 수 없다면 지금부터 리스트업을 해보자. 언론매체의 문화면을 담당하는 기자의 이메일은 물론, 책을 소개하는 북튜버, 라디오 프로그램 속의 문화 소식 코너, 오디오 클립, 팟캐스트 진행자 등 출간하는 책의 독자층과 같은 타깃층을 상대로 콘텐츠를 생산하는 제작자에게 직접 보도자료를 전달해보자. 이때 미리 만들어둔 북 트레일러 영상을 함께 보내면 더욱 좋다.

홍보의 기회에 목마른 자가 있다면, 늘 새로운 소식에 목마른 콘텐츠 제작자도 있다. 그러니 내 책의 출간 소식을 전하는 일은 서로에게 도움이 되는 일이다. 이렇게 내 책이 언론사나 유튜버 등 크리에이터를 통해 소개되고, 그 결과물이 남으면 하나의 경력이 되어 다음 홍보 활동을 할 때도 도움이 된다. 즉, 하나의 점을 부지런히 찍어두면 책 홍보의 선순환이 일어나는 것이다. 열심히 일한 자에게 복이 온다. 그 말은 책 홍보의 세계에서도 통하는 만고의 진리이다. 그러니 홍보에 간절함이 있다면 위에서 언급한 다섯 가지를 출간 전에 꼭 시도해 보자.

내 책을 홍보하는 스무 가지 방법 중 남아있는 열 다섯 가지 방법에 관해 이야기해 보자. 누군가에게는 이미 알고 있는 홍보법의 나열일 수도 있고, 누군가에게는 미처 몰랐던 발견일 수도 있다. 그런데 이야기를 시작하기 전 꼭 당부하고 싶은 점이 있다. 열다섯 가지 방법을 전부 다 하기보다는 '반타작만 해도 훌륭하다'라는 마음으로 가볍게 시작해보기를 권한다. 홍보 관련 일을 해본 사람이 아니라면, 반타작조차 어려울지 모른다. 그러나 내 책의 가장 훌륭한 마케터는 바로 나라는 마음으로 책 출간 후 딱 두 달간만 '맨땅에 헤딩 마케터'가 되어보자. 난생처음 저자가 되었을 때 희로애락을 즐겼듯, 마케터가 되어 활동하는 그 시기도 즐겨보길 바란다.

⑥ 인플루언서에게 서평 의뢰 및 ⑦ 커뮤리터 리더에게 협업 제안

책 출간 직전 예약판매 시기부터 출간 이후 한 달 동안은 인터넷 서점 MD가 나의 책에 가장 높은 관심을 갖는 시기이다. 즉 이 시기에 판매량이 늘어나면 경쟁이 치열한 오프라인 매장의 매대에서 내 책이 더 오래 누워있을 수 있고 보다 많은 독자를 만나게 된다. 출간 무렵 내가 키워둔 커뮤니티가 없고, 운영하는 SNS 채널의 영향력도 미비하다면 인플루언서 마케팅을 활용해 보자. 책 관련된 분야의 인플루언서에게 책 서평을 제안하는 것이다. 네이버의 경우 '도서 인플루언서' 제도가 있다. 도서 블로그 운영자 중 일정 기준을 충족하는 사람을 도서 인플루언서로 지정하고 그들이 올리는 책 소개는 다른 일반 독자들이 올리는 서평보다 상위 노출을 시켜준다.

뿐만 아니라 도서 인플루언서는 그들의 글을 구독하는 찐팬이 최소 천 명에서 많게는 몇 만 명이 넘게 존재한다. 인플루언서 한 명을 통해 내 책을 보다 많은 사람들에게 직접적으로 노출할 수 있는 무척 매력적인 방법이다. 도서 인플루언서와 비슷한 영향력을 지닌 커뮤니티 운영자가 내 책을 소개하는 경우에도 비슷한 확산 효과를 누릴 수 있다. 특히 커뮤니티 운영자와는 서평 의뢰뿐만 아니라 아래 소개하는 서평단 이벤트도 함께 진행해볼 수도 있다. 인플루언서 마케팅은 그간 그가 공들여 운영해온 커뮤니티의 효과를 단기간에 누리는 일이다. 그러므로 협업 진행 시 무료인 경우도 있지만 영향력에 따라 유료인 경우가 있다. 그러나 그 비용이 생각보다 크지 않다. 그러므로 먼저 문을 두드려 보자. 협업을 제안하며 진행비를 문의해 보고, 진행 여부는 세부 내용을 소통한 이후 최종 결정하면 된다.

⑧ 서평단 이벤트 제안

SNS 운영자 중 내 책의 타깃 독자를 이웃으로 보유한 사람에게 서평 이벤트를 먼저 제안해 보자. 평소에는 별다른 교류를 하지 않다가 갑자기 부탁하기가 뻘쭘할 수도 있다. 그럴 때 최고의 무기는 진심이다. 그 사람의 SNS를 어떤 이유로 팔로잉해왔고, 이번에 어떤 책을 내게 되었으며, 이렇게 도와주시면 언젠가 꼭 돕겠다는 마음을 먼저 표현해 보자. 특히 책 출간을 앞둔 사람이나, 1인 기업을 운영하는 사람이라면 이심전심으로 나의 제안에 귀를 기울일 가능성이 크다. 행운과 인연은 거저 생기지 않는다. 먼저 다가가는 용기로 인연을 맺어두면 상대방도 도움이 필요할 때 나에게 더 쉽게 부탁할 수 있다. 그런 마음을 최대한 공손하게 담아 제안해 보자. 인연이 맺어진다면 감사한 마음과 함께 초심을 기억하며 잘 가꿔보자. 단 서평 이벤트를 진행할 때 상대방의 일을 최소화 시켜주는 것이 상대방에 대한 예의이자 존중이다. 서평단 접수, 선정, 주소 취합, 책 발송 등의 업무는 저자인 내가 주도적으로 진행하자.

⑨ 추천사 감사 인사 및 인증

책에 따라서는 추천사가 실린 책이 있다. 책이 정식으로 유통되기 전, 저자는 출판사로부터 홍보를 위한 저자 기증분을 받게 되는데, 그럴 때 발 빠르게 추천사를 적어준 분에게 책을 전달하고 인사를 드리자. 출판사로부터 추천사 의뢰를 받는 사람은 보통 한 분야의 전문가이거나 이미 충성 독자를 보유한 저자인 경우가 많다. 그 저자를 만나 진심 어린 감사 인사를 드리고 그날의 만남을 사진으로 남겨 SNS 운영에 활용해 보자. 어? 이 저자가 추천사를 써준 책이라고? 전문가가 내 책을 들고 찍은 사진은 책에 대한 궁금증과 내 책에 대한 신뢰도를 올려준다. 어쩌면 추천사를 적어준 분도 자신의 SNS에 내 책을 소개해줄지도 모른다. 그렇게 되면 위에 소개한 내 책 홍보법 6번째 방법의 효과를 누리게 된다. 그러므로 책 출간 이후 추천사를 적어준 저자와의 만남을 발 빠르게 진행해 보자.

지금까지는 내 책의 홍보를 타인에게 부탁해야 하는 초보 저자에게는 다소 어려운 홍보 방법이었을 것이다. 이번에 소개하는 ⑩ **구매 인증 이벤트**는 저자 혼자서 얼마든지 가뿐하게 진행할 수 있는 소소한 이벤트이다. 자신의 SNS를 활용해 구매 인증 이벤트를 진행하고 이 중 참가자 몇 명을 추첨해서 음료 쿠폰 등 소소한 선물을 보내면 된다. 어떤가, 내가 고생해서 쓴 책을 위해 이 정도 일은 기꺼이 할 수 있지 않을까?

내 책을 홍보하는 열한 번째 방법으로는 서평 이벤트와 닮은 듯 다른 ⑪ **독후감 이벤트**가 있다. 서평 이벤트와 공통점은 책을 읽은 후 서평을 독자에게 부탁하고 그중 미리 정한 인원을 뽑아 선물을 주는 방식이지만 차이점이 있다. 서평 이벤트가 서평단에게 책을 선물하는 성격의 이벤트라면, 독후감 이벤트는 책 구매자를 대상으로 진행하는 이벤트이다.

책의 성격에 따라 독후감 이벤트는 보다 다채로워질 수 있는데, 그 한 예로 사주 명리 상담가, 소림 작가의 『당신에게도 세 번의 대운은 반드시 찾아온다』의 독후감 이벤트가 그 예이다. 24년간 2만 3천 명과 타로 및 사주를 상담하고 SBS 라디오 팟캐스트 '톡톡사주'의 진행자이기도 한 저자는 자신의 전공을 살려 독후감 이벤트를 진행했다.

즉, 독후감을 남겨준 독자 중 3명을 선정해 40분간의 사주 상담을 진행해 주는 어마어마한 이벤트를 독자와 진행한 것이다. 이런 매력적인 독후감 이벤트라니! 자신만의 전문 분야 혹은 매력 있는 취미가 있는 저자라면 지금이 바로 그 매력을 맘껏 펼칠 타이밍이다.

⑫ 북토크 진행

이 책을 읽은 영리한 저자라면 누가 불러주기 전 나만의 북토크를 기획하고 있을 것이다. 그 북토크의 후기를 보고 어쩌면 다른 곳에서 북토크 섭외가 들어올지도 모르는 일이다. 그러므로 신청자가 적더라도 기죽지 말고 지속해 보자. 자체 북토크를 진행하면서 내가 거주하는 지역의 독서 관련 지원 사업을 꼼꼼히 살펴보는 것도 좋다. 혼자 진행하기 낯설다면, 얼마 전 신간을 낸 작가와 협업 북토크를 하는 것도 좋은 방식이고, 평소 말솜씨 좋은 지인에게 사회를 부탁해봐도 좋다. 또한 요즘에는 인스타그램 라이브 방송이나 줌(zoom)을 활용한 비대면 북토크도 얼마든지 간편히 할 수 있다. 『기적의 북토크』의 경우 출간 이후 10명만 모이면 언제 어떤 방식으로든 북토크를 이어갈 예정이다. 그러니 이 책을 읽고 계신 독자 여러분 주저 말고 연락해 주세요!

⑬ 도서관 희망 도서 신청 또는 도서관에 내 책 기부하기

2023년 1월, 통계청 및 문화 관광 체육부 집계 기준, 전국 도서관 개수는 7,646개이다. 작은 도서관을 포함한 수인데 이중 1/3에만 내 책이 입고되어도 1쇄는 거뜬히 완판할 수 있다. 그러므로 본인은 물론 지인을 동원해서 전국 도서관에 희망 도서 신청을 진행해 보자. 요즘은 도서관에 직접 가지 않고, 몇 번의 클릭만으로도 희망 도서 신청이 가능하다. 지역마다 상이하지만, 도서관 회원 1명에게 할당된 연간 희망 도서 개수도 꽤 넉넉한 편이다. 혹, 1년에 신청 가능한 희망 도서 신청 가능 횟수를 다 써버렸거나 자주 가는 도서관의 희망 도서 구입 예산이 이미 소진되어 있다면 내 책을 도서관에 기부하는 방법도 있다.

필자가 운영 중인 새벽 기상 모임, 〈아름다운 새벽〉의 멤버이자 『사서 엄마가 알려주는 집콕 책육아』의 이승연 저자는 책 제목 그대로 도서관 사서로 근무 중이다. 그가 알려준 내 책 홍보법 중 하나인데 대부분 도서관에서는 책 기부를 받아준다고 한다. 다만, 기증받은 책을 무조건 서가에 꽂아 주지 않고 별도 심의를 통해 소장 여부를 결정한다. 그러니 평소 다니던 도서관 사서에게 기증 절차를 문의해 보자. 내가 애정하는 도서관에서 내 책을 만나는 작은 기적도 직접 만들 수 있다.

⑭ 도서관 강연 제안

도서관 홈페이지를 둘러보면 생각보다 강연의 기회가 열려 있는 것을 발견하게 된다. 강연 제안 또는 강사 모집 게시판을 찾았다면 적극적으로 활용해 보자. 책은 1인 브랜딩의 가장 효과적인 도구이다. 책 소개와 함께 대략의 강의 기획서를 적어서 헤드헌터 회사에 이력서를 미리 제출하듯 도서관 홈페이지에 업로드 시켜두자. 누가 아는가? 어느 날 도서관 근처 사차선 도로에 내 책과 강연 소식이 적힌 현수막이 걸려 있을지. 기적은 만드는 자의 것이다!

⑮ 학교 동아리 강연 제안

도서관보다 더 쉽게 뚫을 수 있는 강연의 기회가 학교 독서 동아리라고 생각한다. 요즘 웬만한 학교에는 학부모 교육을 위한 예산이 편성되어 있다. 뿐만 아니라 지역사회 개방형 학교 도서관 프로그램 등 책 읽는 문화 확산을 위해 진행되는 공공사업도 많다. 그러므로 학교 도서관 사서에게 연락해서 책 소개와 함께 강연의 기회를 읍소해 보자. 처음부터 위대한 시작은 없다. 공공기관에서의 강연 경험은 또 다른 강연의 기회로 이어주는 다리가 되어줄 것이다. 시작이 위대하지 않더라도 시작하고 지속하면 결국 위대해질 것이다.

⑯ 전국 (독립) 책방 입고 문의

'책 입고 문의? 그런 건 출판사가 하는 일이 아닌가?'라고 생각할 수 있다. 물론 출판사에서 그 업무를 하기도 한다. 그런데 한편으로 출판사는 이렇게 생각할지도 모른다. '판매는 저자가 발로 뛰어야 하는 것 아닌가?'라고. 개인적으로 출판사는 내 책의 총판과 유통을 담당해 주는 것만으로도 큰 역할을 해주는 것이라고 생각한다. 한번 상상해 보자! 우리 집 거실에 1쇄로 찍은 약 2천 부의 책이 천장에 닿을 듯 쌓여 있는 모습을. 그 부담과 보관의 수고를 출판사가 대신해 주고 있는 것이다. 그렇기에 책의 저자로서 의리있게 책 판매에 보다 적극적으로 참여해 보자. 게다가 투고의 관문을 뚫은 저자 당신은 이제 못 할 일이 없다. 가장 어려운 거절에 익숙해지는 관문을 뚫었기 때문이다. 투고보다 조금 가벼운 마음으로 전국 독립 서점에 책 입고 메일을 보내보자. 혹자는 여행 삼아 서점을 다니며 직접 입고 문의를 해보라는 조언을 하지만 개인적으로 그 방법은 말리고 싶다. 그동안 북토크를 진행하며 만났던 대부분의 서점 주인은 말한다. 저자가 직접 책을 들고 와 입고 문의를 요청할 때 무척 난감하다고. 그러니 간결하면서도 핵심 있는 책 소개 문장과 함께 북 트레일러 영상 또는 보도자료를 첨부한 이메일로 책방지기에게 연락해 보자. 어쩌면 그 일이 가장 빨리 내 책을 서점에 입고시키는 방법일 것이다.

⑰ 저자 사인본 판매 및 ⑱ 굿즈 활용하기

책이 출판되면 홍보를 위한 저자 증정본을 출판사로부터 받을 수 있다. 작가마다 또는 출판사마다 그 권수는 상이하며 보통은 계약서에 명시되어 있다. 저자 증정본을 다 소진했더라도 저자는 할인가로 자신의 책을 구매할 수 있다. 즉, 판매가의 60~70%의 가격으로 책을 구매할 수 있는데 출판사에 따라 할인율이 다르게 적용되고 구매 가능한 수량이 제한된 경우도 있다. 이를 활용해 저자가 먼저 책을 구매한 후, 저자 사인본을 판매하는 방법도 내 책을 홍보할 수 있는 방법 중 하나이다. 약 10~20권 정도의 책을 구매한 후, 책을 쌓아놓고 사인하는 영상을 찍어 SNS에 올리며 저자 사인본 판매 이벤트를 진행해 보면 어떨까? 어떤 작가의 경우 판촉물 제작 사이트를 통해 굿즈를 소량 제작 후, 저자 사인본 이벤트 선물로 활용하기도 한다. 물론 책값과 택배비, 굿즈 제작비까지. 과연 남는 게 있을지 계산기를 두드려 보게 되지만 독자 한 명 한 명과 직접 소통할 수 있는 방법이다. 그렇게 점을 찍으며 무수히 이어간 노력이 어느 날 직선처럼 연결될지도 모르는 일이다.

점이 곡선이 되었던 하나의 예를 이야기해보면, 『엄마의 주례사』가 출간되었을 때 김재용 작가는 저자 사인본을 피부관리실의 대표에게 선물했다고 한다. 그 후 그 책은 예비신부가 주 고객층이던 그 브랜드의 본사 마케팅 팀에게까지 전달되었고, 분기별 200권의 대량 구매로 이어졌다. 저자가 직접 사인본을 판매한 경우는 아니지만 실제로 매 분기마다 저자는 사인한 책을 본사로 보냈고, 그 결과 더 많은 독자에게 책이 닿았으며 10쇄를 찍었다. 필자가 소개하는 저자 사인본 판매의 예는 아니지만 이 글의 예시로 드는 이유는 내 책이 보다 많은 독자에게 확산되는 시발점은 정말 그 누구도 모르기에 저자인 내가 할 수 있는 일을 기꺼이 해보기를 바라는 마음으로 이 사례를 공유한다. 또한 이 사례로부터 착안해, 내 책의 주요 고객층이 있는 단체를 찾아 직접 연락해 보는 것도 내 책을 홍보하는 현명한 방법이라고 생각한다.

⑲ 책 보부상

보부상은 팔 물건을 등에 지고 다니는 부상과 머리에 이고 다니는 보상의 합성어이다. 즉 팔 물건을 가지고 다니는 사람을 말하는데, 출간된 책을 가방 또는 차에 한두 권은 꼭 넣고 다니길 추천한다. 언제 어디서 우연히 책을 나누고픈 사람을 만나게 될지도 모르고 좋은 기회에 책을 판매하게 될지도 모르기 때문이다. 그 한 예로 『나는 잘 살고 싶어 나누기로 했다』의 전성실 작가와의 일화를 소개한다. 책방 주인의 알찬 큐레이션은 물론 독서 관련 프로그램이 풍성한 제주의 독립 서점, 보배 책방에서 전성실 작가를 만나게 되었다. 총 12주 차에 걸친 부모 교육을 진행해 주었는데 마지막 날 수강생들이 자연스럽게 작가의 책을 사고 싶어 했다. 그러자 그는 차 트렁크에서 책을 꺼내왔는데 글쎄 그 책이 김치통에 들어있었다. 혹여 책에 습기가 끼거나 구겨지지 않도록 김치통에 넣어 두었다는 저자의 발상이 어찌나 신선하던지! 그 재치 덕분에 저자의 책이 더욱 좋아진 건 안 비밀이다.

⑳ 온라인 서점 코너 활용하기

홍보를 위한 예산이 넉넉하다면 인스타그램 광고, 온라인 서점 도매인 광고는 물론, 오프라인 매장의 매대를 일정 기간 임대해서 내 책을 깔아두는 방법 등 무궁무진한 홍보법이 있다. 그러나 그런 일은 현실에서 매우 요원하게 느껴지기도 하고 오프라인 서점 매대의 경우 최소 3개월 임대 조건이 많으며 이마저도 연초에 대형 출판사가 1년 계약으로 좋은 자리를 선점한 경우가 많다. 물론 저자의 인세보다 최소 두세 배 높은 임대료와 함께. 온라인 서점의 도메인 광고도 부담되는 비용이 든다. 그런데 무료로 온라인 서점을 활용하는 방법도 엄연히 존재한다.

온라인 대표 서점 중 하나인 Yes24의 경우 '칠문칠답'이라는 코너가 있다. 신간을 소개하는 코너인데 저자가 아닌 출판사가 양식에 맞게 작성 후 신청하면 자체 심사 후 선정된 책을 소개해준다. 그뿐만이 아니다. 온라인 서점의 자체 서평단 이벤트에 참여하는 방법도 있다. 자체 서평단 '리뷰어 클럽'을 운영하고 있는 Yes24의 경우 블로그를 통해 서평 도서 접수를 받고 서평 이벤트를 진행해준다. 보다 자세한 절차는 Yes24 블로그에서 확인해보기를 바란다. 이 경우도 저자가 아닌 출판사가 직접 진행해야 한다. 이 서평 이벤트의 이점은 내 책의 리뷰를 다른 곳이 아닌 온라인 서점에 많이 남길 수 있는 점이다. 온라인 서점의 코너를 샅샅이 뒤져보면 때로 좋은 기회를 포착할 수도 있는데, 온라인 서점의 코너는 금세 사라지기도 하고 또 새로 생기기도 한다. 그러니 자주 온라인 서점을 들락거려 보자. 어떠한 방법이든 자신에게 맞는 방법으로 내 책이 더 많은 독자에게 가 닿을 수 있길 바라는 마음으로.

너무 평범해서 용기가 샘솟길

"작가님은 앞으로 어떤 사람이 되고 싶으세요?"

 북토크 현장에서 독자들이 작가에게 많이 하는 질문 중 하나가
바로 이 질문입니다. 베테랑 북토커답게 이 책을 마무리하는 지금
제가 여러분을 대신해서 그 질문을 저에게 해보겠습니다. 만삭의
경단녀였던 제가 북토크를 통해 세상을 만나는 동안 알게 되었습
니다. 삶은 어떤 식으로든 계속된다는 것을요. 시작은 북토크였지
만 그 끝에 무엇이 있을지 알지 못한 채 지금까지 오는 동안 작은
기적을 많이 만났기에 저는 앞으로도 꾸준히 시작하는 사람으로
살고 싶습니다. 그것이 저의 장래희망이자 미래가 되어줄 것이라
확신하기 때문입니다.

 "어떻게 그렇게 확신할 수 있나요?" 또는 "원래 그렇게 무언가

를 꾸준히 하는 사람이었나요?"

북토크 현장에서처럼 추가 질문을 주신다면 저의 과거를 솔직히 말씀드려야 할 것 같습니다. 엄마가 되기 전까지 저는 꾸준히 해본 일이 하나도 없는 사람이었습니다. 아무리 생각해봐도 고작해야 싸이월드 정도만 떠오를 뿐입니다. 그러나 지금은 북토크 진행자, 새벽 기상 모임 리더, 꿈 여행 학교 운영자, 도서 블로거, 커뮤니티 운영진, 프리랜서 에디터 등 다섯 손가락 너머로 꼽을 수 있는 일을 하고 있습니다. 무엇 하나도 꾸준히 못 했던 제가 무엇이 달라졌기에 꾸준히 하는 일이 여럿 생겨난 걸까요? 평범한 독서를 이어가는 동안 무엇을 읽고 무엇이 변화된 것일까요?

그 답은 바로 열정에 관한 이해였습니다. 그동안 제가 무엇 하나를 꾸준히 못했던 이유는 열정을 쏟고픈 대상을 찾지 못했기 때문이라고 생각했습니다. 그랬기에 그 대상을 찾아 헤맸습니다. 그러던 어느 날 저는 운 좋게도 열정의 대상이 아닌 열정을 지닌 사람을 먼저 만나게 되었습니다. 바로 챕터 3의 첫 번째 글, '기획의 시작은 분노에서부터'에서 소개한 인형극 작가 보니(Bonnie Kim)와의 만남이었습니다.

자신의 본업 외에 좋아하는 인형극을 열정적으로 하는 보니의 모습은 그 시절 저에게 양서와 같았습니다. 엄마가 되기 전, 월급 노예로 살며 돈 버는 일을 가장 큰 가치였던 여겼던 저에게 자신의 시간은 물론 월급으로 번 돈을 쓰면서까지 열정을 지속해나가던 그녀는 저에게 신인류였습니다. 눈앞의 이득보다 가치를 좇는 사람이 가진 반짝이는 눈빛, 겸허하면서도 자신감 넘치는 기운은 저를 매료시켰고 결국 저를 움직이게 했습니다.

전 사실 그녀가 가진 열정이 부러웠습니다. 나도 육아 외에 다른 영역에서 그런 열정을 발휘할 수 있다면 얼마나 좋을까 하는 생각이 절로 들었습니다. 그래서 그녀 곁에 머물렀습니다. 이미 그렇게 살고 있는 사람 곁에 있다 보면 조금은 그 방법을 배우게 되지 않을까 하는 바람과 함께요.

그 곁에 머무르는 동안 북토크를 시작하게 되었고, 오래 북토크를 이어온 지금은 알게 되었습니다. 열정이란 어느 날 하늘에서 갑자기 떨어지는 것이 아니라 소소하게 시작했을 때 비로소 발견할 수 있는 것이며, 작은 재미와 목적을 꾸준히 이어가는 동안 더 깊이 품게 된다는 것을요. 그러니 처음의 질문으로 돌아가 저의 장래희망이 무엇이냐고 물으신다면 저는 시작을 기다리지 않는 마음으로 시작하는 사람, 꾸준한 시작을 지속하는 사람이 되고 싶습니다. 지금 할 수 있는 일을 하나씩 하면서, 그와 동시에 누군가의 시작을 돕는 사람이 되기를 바라면서요.

한 권의 책으로 묶은 저의 북토크 이야기. 어쩌면 삶이 너무나 평범해서 더 자주 만들 수 있었던 작은 기적을 담았습니다. 그와 동시에 저는 슬며시 바라게 됩니다. 그간 제가 해온 일이 너무나 평범해서 여러분에게 용기가 샘솟기를요. 북토크를 한번 해보고 조금 바꿔서 또 해보는 동안 더 많은 분이 북토크를 통해 만날 수 있는 세상을 더 많이 만날 수 있기를 바라는 마음입니다.

앞으로 저도 꾸준히 그 세상을 만나러 갈 겁니다. 완벽한 시작을 기다리기보다 꾸준히 작게 시작하면서 이번 시작은 어떤 일이 좋을까? 어떤 일이라면 나도 좋고 주변에도 좋은 일이 될 수 있을까? 그렇게 꾸준히 궁리하는 사람으로 살면서요. 꾸준함으로 노를 저으며 저는 저의 미래로 건너가 있겠습니다. 그 미래에서 여러분을 기다릴게요. 그러니 북토크를 통해 만날 수 있는 세상에서 우리 곧 만나요! 열면 열수록 용감해지고, 하면 할수록 더 확장되는 재미난 세상에서요.

삶의 빛과 그림자 중 빛을 더 자주 바라보는 법을 알려주신 부모님, 꿈이 많은 저에게 더없이 완벽한 웃음이 많은 남편, 육아 활동이 실은 엄청 유쾌한 사회활동이자 자기 계발임을 알게 해준 나의 사랑 솔방울과 평화, 매우 근성 있는 마을 사람들과 제주의 이웃들, 책과 글, 새벽 기상, 꿈 여행학교, 언니 공동체 등을 통해 맺은 인연들. 저의 이야기에 귀를 기울여준 생각의뜰채 대표님 감사합니다.

무엇보다 자주 어수선하고 무모했던 '기적의 북토크'에 함께해준 저자님과 독자님 감사합니다. 참여를 통해 "당신이 옳아요!"라고 말씀해 주시는 듯했고 덕분에 이 책이 나왔습니다. 마지막으로 이 책을 끝까지 읽어주신 모든 독자님 감사합니다. 그 일이 저에게는 평범하고도 특별한 기적입니다.

생각의뜰채 산문선 001

기적의 북토크

초판 1쇄 발행 2023년 10월 25일
2쇄 발행 2024년 1월 23일

지은이 강민정
기획·편집 권진아
디자인 최진실

펴낸이 권진아
펴낸곳 생각의뜰채(Dayspring)
출판등록 2021년 10월 1일 제419-2021-000030호
주소 강원특별자치도 원주시 원문로118번길 3
전자우편 think-catch@naver.com
인스타그램 @gangwon_soozip

ⓒ 강민정, 2023
ISBN 979-11-981169-4-9